AF131518

# LA FLUVE

## &

## Le Joueur de flûte

Galéane Leclerc et Antoine Blanquefort

# LA FLUVE
# (Brigade Fluviale)
# &
# Le joueur de flûte

*Illustration : Galeane Leclerc et Antoine Blanquefort*

*Edition : BoD - Books on Demand*

*12/14 rond-point des Champs Elysées*

*75008 Paris*

*Imprimé par BoD — Books on Demand, Norderstedt*

*ISBN : 9782322096237*

*Dépôt légal : Juillet 2016*

## Avant-Propos

Les personnages sont entièrement fictifs.

Mais certains éléments décrits ne le sont pas.

Nous remercions Michel C et Madeleine B d'A,
Simon H, Olivier B

Valérie et Jean

# PROLOGUE

— « ... *Et oui, le coup de sifflet de l'arbitre indique la fin de la première mi-temps,* annonce le journaliste derrière son micro. *Les deux équipes vont donc regagner le vestiaire sur le score de : un partout. Nous faisons un passage par la régie et on se retrouve dans quelques instants pour la suite de ce match qui tient toutes ses promesses.* »

Un spot publicitaire criait au milieu de la petite TV de service qui se trouvait sur une étagère du PC sécurité. Bernard Salan, une bonne quarantaine, avala la dernière bouchée de son sandwich avant de porter à sa bouche la canette de soda. Vide. Il souleva sa carcasse près du quintal et après avoir attaché son arme, un Sig-sauer 9 mm, autour de la taille, demanda à son confrère de jeter un coup d'œil à sa place en attendant son retour. Il pensait qu'il n'en aurait pas pour longtemps, juste quelques minutes. Il fallait bien aller ravitailler la bonne bête, aimait-il à dire tout en tambourinant sur son ventre rebondi. Le pas tranquille, il s'avança dans un couloir, passa devant les bureaux vides et descendit d'un étage par les escaliers pour atteindre la cuisine et tout au bout la chambre froide. Il salivait à l'avance en pensant à tout ce qui était stocké dans cette caverne d'Ali Baba. À la fin du cocktail de la veille, le traiteur avait eu la bonne idée de tout laisser pour le personnel. Il alluma la lumière et ouvrit la porte. Bernard Salan pensait avoir tout vu depuis sa longue carrière de gendarme, mais pas ça ... ! Il souleva sa casquette pour se gratter la tête, puis se ravisa.

Pas question de polluer la scène de crime. Les cours d'Edmond Locard qui fut l'initiateur de la police scientifique, n'étaient pas si loin. « *Tout auteur de crime laisse une trace sur son lieu de forfait et emporte avec lui des éléments de ce milieu.* » En attendant, il recula de quelques pas, écrasant des morceaux de givre sous ses semelles. Les craquements retentirent brisant le silence de la pièce. Son regard n'arrivait pas à se détacher d'un bloc de glace qui surgissait de la chambre froide comme un glacier sorti du lit de sa montagne. Des taches d'un rouge vif apparaissaient. Non, ce n'était en aucun cas un sorbet à la framboise, mais du sang congelé çà et là. Son regard se promena sur la masse de glace et s'arrêta sur un bout de chair qui avait pris une teinte noirâtre. Ce devait être la paume de la main avec ses doigts crispés, puis derrière une ombre avec un bout de chair congelée qui sortait à peine du bloc, sans doute le corps, et un peu plus loin des cheveux collés et givrés. Ce qui devait être une tête ... décapitée. Soudain, 22H00 sonnèrent sur sa montre, indiquant que son tour de garde était terminé. Il regarda par la fenêtre. Flottait sur les remparts du Palais de l'Elysée, le drapeau français illuminé par un projecteur. La nuit allait être longue, tant pis pour la reprise de la mi-temps. Mais comment pouvait-il penser à un truc pareil en de telles circonstances ? Quel con ! Il activa son talkyie-walkie.

Trois heures plus tard, la police scientifique opérait sur la scène de crime. Chacun des membres prenait sa fonction, deux d'entre eux protégeaient le site, deux autres relevaient les empreintes, un autre posait les petits cavaliers jaunes avec des numéros. Leurs gestes précis et sans hésitations témoignaient de leurs longues heures de services. Une expérience de plus de vingt ans pour certains. L'un d'eux félicita Bernard Salan de n'avoir pas effacé d'éventuels indices. Tout y était : empreintes de pas et de doigts. Par chance, ce n'était pas l'œuvre « meurtrière »

9

d'un expert en criminologie. Les techniciens délimitèrent ainsi un périmètre en déployant un ruban en plastique. Puis ils filmèrent et photographièrent l'extraction du corps emprisonné dans la glace, il était totalement nu. Le meurtrier avait pris l'initiative de le déshabiller. La raison demeurait encore inconnue, un rite, une purification, un message ? Le buste fut finalement le premier à être détaché de la glace, après d'interminables heures. Un simple séchoir à cheveux avait fait l'affaire. Décoller la peau morte d'un cadavre prisonnier dans de la glace, c'était comme tenter d'arracher une fine pellicule de glue sur une feuille de papier. Exercice minutieux, au résultat finalement impressionnant, car peu de morceaux de chaire restèrent dans la glace. Puis ce fût au tour de la tête coupée qui contre toute attente fût plus rapide, laissant cependant un pan de la peau blanchâtre pendouiller au niveau du menton. La victime fut tout de même identifiée. Restait à libérer les deux mains découpées...du Ministre de l'écologie, Monsieur Marouel.

En attendant, le corps fût photographié sous toutes les coutures, y compris en gros plan. L'autopsie révéla que la victime ne portait pas de coup mortel, de strangulation, ou autre et que la décapitation avait été post-mortem. La piste de l'empoisonnement fulgurant était à envisager. Dans son rapport, le médecin légiste avait noté la trace d'une piqûre sur la jugulaire. Le meurtrier devait être sacrément proche du Ministre, à moins de cinquante centimètres, car il fallait viser juste. Aussi, la violence du coup porté pour l'injection pouvait suggérer qu'il s'agissait d'un amateur, car l'aiguille s'était tordue, éclatant au passage la veine, juste à l'endroit où apparaissait un hématome. Cela devait sûrement être la première fois pour ce meurtrier, qui en aucun cas, ne voulait se rater. Le produit injecté demeurait encore inconnu. L'analyse du sang allait répondre à cette question, il fallait juste attendre le retour du labo dans quelques heures. Ce soir-là, la Commissaire Eva Monet savait qu'elle n'avait pas le choix. Son téléphone vibrait. Oui, répondit-elle, le Président de la République et le Ministre de l'intérieur avait été prévenus. Et pour l'heure, elle devait relever les noms du personnel présent cette nuit-là. Elle avait commencé brièvement à les interroger avant de s'occuper de Bernard Salan qui l'attendait dans son office.

— Quand avez-vous découvert le corps ?

— A 22H.

— Pile ?

Il hocha de la tête, tout en regardant les cuisses d'Eva Monet moulées sous le jogging. Musclées, se dit-il. Son regard croisa le sien, il fut pris en flag. Nerveux, il passa ses mains moites sur son pantalon ce que la commissaire remarqua aussi.

— Vous avez vu quelque chose d'inhabituel, croisé quelqu'un tardivement ?

— Non, rien de particulier par rapport aux autres jours, sauf que … Il laissa deux secondes s'écouler avant de répondre. C'était calme très tôt aujourd'hui … Il n'y a eu qu'une réunion au salon Murat entre quelques Ministres et le Président et puis c'est tout.

— Vous souvenez-vous des dernières personnes qui ont quitté les lieux.

— Non, pas vraiment.

— Alors que faisiez-vous ?

Il garda le silence et tourna le visage vers le poste de télévision. Eva Monnet soupira.

— Ah, je vois.

Elle ne comprendrait jamais l'intérêt qu'avaient les hommes à regarder le foot en criant et en buvant de la bière.

— Bien, rien d'autre à me dire j'imagine ?

Elle laissa Bernard Salan planté là. Lui ne savait pas quoi faire et se sentit mal à l'aise devant cette femme flic froide et sûre d'elle. Il la suivit pour se donner une contenance. Il devait aussi admettre qu'il se dégageait de cette femme une certaine autorité naturelle. Bernard Salan ne se sentait pas de taille face à la commissaire, le mieux était de se taire et de répondre aux questions sans faire le malin.

Il faisait déjà jour, lorsque l'équipe de la police scientifique se dispersa. Eva Monet, qui en avait terminé avec Bernard Salan, le quitta dans le vestibule de l'Elysée. Il fila traversant la cour d'honneur. Eva Monet ne put contenir un sourire furtif lorsqu'elle entendit ce dernier demander à un de ses collègues.

— Alors le score ?

— 1 - 1, répondit l'autre.

— Ah finalement, je n'ai rien loupé !

Eva Monet demanda à ce qu'on l'emmène au Ministère de l'écologie, à l'Hôtel Roquelaure, au 246 boulevard Saint-Germain dans le 7 ème arrondissement de Paris avant de s'engouffrer dans une voiture de police. Sirènes hurlantes. Elle grimaça.

— Hep ! Vous pouvez éteindre ça s'il vous plaît. Nul besoin de réveiller la moitié de la ville.

Lorsque les affaires avaient lieu au petit matin, Eva Monet aimait contempler les boulevards de Paris désertés. La place de la Concorde devenue le refuge des amoureux perdus dans les ivresses d'une nuit, ou encore voir défiler les quais offrant une vue imprenable sur la Seine déjà toute scintillante sous les premiers rayons du soleil. Eva baissa la vitre pour sentir les odeurs de ce réveil printanier et s'imagina juste un instant faire un autre métier. Fleuriste par exemple ! La voiture s'arrêta devant l'Hôtel Roquelaure. Eva s'en éjecta, gravit le perron, traversa le hall dont les grandes portes vitrées offraient une vue sur un jardin arboré et délicieusement décoré de bosquets fleuris et d'une fontaine qu'elle entendit glouglouter. Fleuriste ... ou jardinier ? pensa-t-elle.

— Par ici Commissaire, indiqua un charmant jeune homme.

Eva lui emboîta le pas pour atteindre le bureau du Ministre de l'écologie. Les techniciens en identification criminelle avaient déjà procédé aux relevés des empreintes.

— La voie est libre ? demanda Eva Monet à un technicien dont elle reconnaissait les yeux d'un vert émeraude.

Il terminait de prendre la photo d'une tasse à thé brisée au sol.

— On t'a fait un parcours royal jusqu'au bureau et dans quelques minutes, ils auront terminé la paperasse... J'imagine que c'est ce que tu es venu chercher.

— Tu as remarqué quelque chose ?

— Non, mis à part qu'il a été tué sur son fauteuil...

— ... Et transporté jusqu'aux cuisines de l'Elysée ? s'interrogea Eva, surprise.

— Et oui ma p'tite dame, ça fait une trotte, même sur un fauteuil à roulettes !

— On doit avoir un enregistrement de tout cela. Vous m'envoyez les bandes de surveillance à la Crime, demande-t-elle en pointant du doigt les caméras.

— Nous avons déjà demandé, mais il y a eu une coupure de courant.

— Ben voyons ! Pourquoi suis-je étonnée ?

Eva nerveusement, gratta le fond de sa gorge. Elle n'était pas contente. Sous ses pieds, le vieux plancher du XVIII ème siècle craqua.

## 1

« Une ombre, je veux être une ombre, à mains nues et de noir vêtue ». Cette nuit-là, pour la première fois depuis des mois, les pierres de la Cathédrale de Notre Dame de Paris n'étaient pas trop humides. Juste ce qu'il fallait pour le frisson d'un stégophile comme moi. J'ai attaqué par la base, du côté de la chapelle, un petit échafaudage était là pour m'y aider, puis à flanc de contreforts, là, la montée facile jusqu'aux parties hautes de la façade. J'ai pu atteindre les arcs-boutants, regardé par les vitraux les quelques bougies scintiller dans la nuit, puis j'ai gravi comme un singe par une arête jusqu'à une gouttière, pour y croiser des gargouilles et négocier avec elle mon autorisation de passage. De là, il me fallut une minute ou deux pour enfin atteindre la tour, majestueuse. Me voici tout en haut. Top chrono, j'avais gagné deux minutes et trente secondes sur mon parcours. Entouré par les sculptures chimériques, je regardais le vide sous mes pieds et pensais aux conséquences. Si je n'avais pas pris appui sur cette pierre plutôt que sur celle-là, j'aurais dégringolé et serais sans doute mort. Je réalisai l'importance du choix, mais avant cela, de l'information. C'était elle qui me captivait. L'information. D'où venait-elle, comment et pourquoi ? Dessous le vide et la mort. Je me mis à tutoyer Victor Hugo qui me récita un passage de Notre-Dame de Paris : « *Qu'est-ce que la mort à tout prendre ? Un mauvais moment, un péage, le passage de peu de chose à rien !* »

L'aube se levait, je m'extasiais devant un magnifique lever de soleil au-dessus des toits de Paris. Une légère pluie commençait à tomber. J'entendais les fines gouttes tapoter les feuilles entourées de bourgeons verts. Sous les arbres, l'agitation d'une ville qui se réveillait. L'heure de retrouver les miens sonna : « la Fluve ».

Quand je franchis le ponton pour rejoindre les Algécos qui faisaient office de bureau flottant à la Brigade Fluviale, il couina deux fois, m'alertant que les amarres devaient être resserrées. Tout semblait vieillot sur notre base flottante sur les quais de Seine, plantée juste en dessous du Jardin des Plantes. Cela faisait des années que je demandais que l'on rénove les toits qui prenaient l'eau, fuitant dès que les grosses pluies s'abattaient au-dessus de Paris. C'était le comble pour la Brigade Fluviale : nous étions les premiers à être trempés. Nos bureaux sur deux étages étaient vétustes comme tous les bureaux de police, mais les nôtres plus que les autres. À cause de l'humidité et du roulis, l'électricité, le chauffage, ou le téléphone étaient coupés plusieurs fois par jour. L'informatique rouillait, les papiers se racornissaient, les dossiers moisissaient. Depuis dix ans, le ministère promettait de nouveaux pontons et c'était devenue la blague récurrente à la Fluve. Le ponton couina une troisième fois. Mais que faisait donc Balthazar ? C'était à lui bon sang de gérer ce bordel. Heureusement que Némo me sauta dans les bras pour me faire la fête, la queue frétillante. Ce gros bon vieux toutou cherchait son câlin du matin, mais aussi son bout de tartine. Némo, c'était notre tube digestif. Sauvé des eaux du fleuve lorsqu'il était jeune chiot, il était devenu la mascotte de la Fluve. Grâce à lui, mais sans qu'il en fût conscient, il avait démantelé un réseau de trafic d'animaux. Rétif à toute forme de dressage, il puait, laissait ses poils partout, se soulageait n'importe où, et mangeait tout ce qui lui tombait sous la patte : mobilier, combinaison de plongée, pied du capitaine... J'ai toujours pensé qu'il nous coûtait plus cher à entretenir que les bateaux. D'ailleurs, Némo en verlan ça faisait Monnaie. Bref : tout le monde l'adorait et je lui promettais tous les matins sa tartine tout en prenant mon petit-déjeuner à la brigade Fluviale dont je poussais les portes. Étrange. Personne ! Même Christian Hay, notre secrétaire, « monsieur je suis toujours débordé », n'était pas là pour me dire « Bonjour mon Capitaine ». En regardant ma montre, je réalisais qu'il était trop tôt de quelques minutes : six heures cinquante. Nous étions encore dans les horaires de nuit, de dix-neuf heures à sept heures. Ceci expliquait pourquoi, lorsque je pénétrai dans la pièce principale, puis descendis à l'établi, cherchant Balthazar, il n'y avait toujours personne. Balthazar se devait d'entretenir les bateaux et le ponton. Sa fonction était aussi de remplacer les pièces de bois qui avaient vieilli, de s'occuper du stock de cordes, de fabriquer des meubles et des accessoires pour faciliter la vie de tout le monde. C'est vrai qu'il avait pris l'habitude de toujours en faire un peu plus que son boulot : ses réparations étaient généralement minutieuses. Il avait un vrai sens esthétique, mais si on l'écoutait, il serait encore en train de sculpter la poignée de la porte des chiottes. Sur son temps libre, il avait fabriqué en une semaine un magnifique billard qui trônait depuis au milieu de la salle commune. C'était là que l'équipe se retrouvait entre deux rondes. C'est aussi là que l'on mangeait. Un endroit chaleureux, surtout la nuit, avec une vieille chaine hi-fi et le billard. Pour y jouer, il fallait accepter quelques règles supplémentaires dues au roulis de la Fluve : l'idée générale étant que les billes avaient le droit de bouger toutes seules. Décider à qui cela devait profiter était une autre histoire. Ces parties de billard avaient souvent été mémorables. Merci Balthazar, dont le petit plus était : il connaissait un mec qui connaissait un mec qui pouvait nous trouver ce qu'on cherchait. Il était cool comme le reggae ! Mais pour l'heure, cool ou pas, il n'était pas là ! Ce ne fut qu'en traversant le ponton central que je vis l'équipe de nuit sur un Zodiac, prêt à partir. Selon le major Nathan Monroe, un cadavre avait été trouvé à Issy-les- Moulineaux, coincé entre un restaurant flottant et le quai. Le moteur du Zodiac se mit à tourner. De la main, le major Nadia Ait Menna me fit signe de me dépêcher. À son côté le brigadier Bruno Lavialle détachait l'amarre. Nadia Ait Menna, aux commandes, poussait l'accélérateur en avant. Moteur à fond, les vagues strillèrent la Seine derrière notre passage. La brume s'épaississait au fur et à mesure que le Zodiac approchait de la banlieue sud-ouest de Paris. L'équipage passa le dernier pont et Nadia activa la marche arrière pour freiner au niveau du restaurant. L'équipe des cuisiniers attendait sur le quai notre arrivée. Leurs fronts étaient traversés par de vilaines rides d'inquiétude et les cernes d'un repos qui ne venait pas. Sur le Zodiac, je me tournai vers les deux majors.

— Bon alors, qui y va ? Monroe ?

— C'est moi qui m'y suis collé l'autre fois, soupira-t-il.

— Capitaine, pas moi, j'ai déjà plongé cette nuit, avoua Nadia Menna.

— Bon alors ce sera toi, Bruno.

— Pourquoi c'est toujours moi qui me tape les cadavres ?

— T'inquiète, tu ne seras pas tout seul.

Je connaissais Bruno Lavialle, officier de police judiciaire, et ancien sous-officier dans l'infanterie de marine, depuis douze ans. À l'époque nous étions tous les deux basés à Djibouti. Sans doute parce que socialement tout nous opposait, nous sommes devenus amis et sa loyauté m'avait sauvé la vie. C'est un scaphandrier hors pair et de surcroît bon plongeur. Bruno issu d'une famille bourgeoise de province avait fait des études supérieures et parlait plusieurs langues, tandis que moi, je baragouinais trois mots en anglais. Aux yeux de ses camarades, il était l'intellectuel qui nous décorait le « ponton » avec ses affiches d'expos ou de photos en noir et blanc signées Robert Doisneau. Son côté rigide, toujours très porté sur le règlement et sur les procédures était une source de conflits réguliers avec ses collègues. Mais il n'avait qu'une parole et je savais que je pouvais compter sur lui. Comme aujourd'hui. Mais était-il encore mon ami ? Je lui donnai bel et bien l'ordre de plonger dans cette eau noire et glacée. Dessous, on ne voyait pas à 30 cm. On était loin des mers chaudes, transparentes, et pleines de poissons multicolores qu'offraient les côtes de Djibouti ou des autres mutations durant nos carrières militaires. Aujourd'hui à Paris, le boulot était le boulot et la plongée restait une de nos passions.

La combinaison fermée, j'étais dans les flots quand je remarquai que Lavialle y était déjà. L'eau n'était qu'une masse maronnasse nous enveloppant. Il fallait voir comment la berge était attaquée par le ressac qui recrachait la boue comme un poulpe avec son encre, par des spasmes de nuages intenses et aveuglants. En quelques brasses et coups de palmes, nous y étions. Flottant dans l'eau, la silhouette d'un corps nous apparut. Un peu plus près, je pouvais voir que le torse était engoncé dans une parka. Il fallait le retourner en l'attrapant par le col. Mais le corps glissa et m'échappa. Lavialle de l'autre côté, le teint à bout de bras, mais malgré son aide, la récupération fut difficile. Le corps s'était emmêlé dans un câble téléphonique, le retenant vers le fond. Il nous fallait étudier la situation. Nous refîmes surface pour voir autour de nous des déchets flotter, comprimés par les équares qui retenaient la barge-restaurant à quelques mètres du quai. Il ne nous fallut pas plus d'une seconde pour replonger. Je pris la décision de sectionner le câble. Mais cette fois-ci autre chose bloquait. Un caddie. Il me fallait un objet. Je fis signe à Lavialle de m'attendre et retournai sur le Zodiac. En remontant à la surface, Nadia Ait Menna attendait patiemment. Efficace, carrée, pleine de sang-froid, je ne l'avais jamais vue avec un cheveu qui dépassait. Plus rigoureuse sur le respect des règlements que son adjoint Nathan Monroe, elle se retrouvait parfois en désaccord avec lui sur des décisions capitales. Cependant, la plupart du temps, elle finissait par le couvrir, mettant sa propre carrière en péril. Moi, je fermai les yeux. J'aimais ses contradictions et elle me faisait penser à ces femmes : le feu sous la glace et son cœur solide comme un roc. Je me demandais si un jour, je la verrais chanceler ?

— Menna passez-moi le crochet !

Elle s'exécuta.

— C'est comment en bas ?

— Pas facile, mais on va y arriver, préparez-vous !

C'était une certitude, nous allions remonter ce cadavre. Il n'y avait pas d'autre issue. À l'aide du crochet, je retirai précipitamment un bouton de la capuche de la parka coincée dans le grillage du caddie. Le corps remonta d'un bon demi-mètre. Je le fis tourner sur lui-même prudemment, évitant de me retrouver nez à nez avec son visage, sans aucun doute boursouflé par l'eau. Le genre d'image que l'on ne veut pas voir au saut du lit. C'est alors que je me mis à penser à mon café qui m'attendait sur mon bureau, fumant de ses volutes provoquantes. Je m'imaginais par ailleurs l'ambiance et l'équipe du matin qui reprenait ses habitudes laissées la veille. Comme tous les matins, le brigadier Lionnel Bastiani devait proposer du café à tout le monde. Les plus téméraires acceptaient, mais Bastiani lui-même ne s'y risquait pas : le goût de vase, ça va après le fromage, mais pas au petit-déjeuner. Sportif, intelligent, doué d'un vrai sens de l'initiative, il était le flic de la Fluve, tel que je pouvais me l'imaginer. En plus de son professionnalisme, il n'hésitait pas à risquer sa vie au mépris des règles de sécurité pour sauver une personne en détresse. Toutes ses qualités en faisaient le candidat parfait pour devenir Major de Brigade. Hélas, son ascension fut bloquée suite à une bavure dont personne ne connaissait les détails et la place fut prise par d'autres ... Comme par moi. Je sais qu'il vivait cette « non nomination » comme une insulte personnelle, à quoi s'ajoutait le fait d'être commandé par deux majors plus jeunes, et selon lui, « incompétents ». Par conséquent, son but était de prendre la place du couple de majors quitte à multiplier les coups bas. Il comptait beaucoup sur mon intransigeance pour arriver à ses fins, mais il se trompait. Je l'observais et je savais qu'il était le prédateur tapi dans l'ombre.

En attendant, je m'imaginais très bien ce qui devait se passer à la Fluve. Bastiani posait la tasse de café sous le nez de Christian Hay, qui avait sûrement encore perdu un dossier, accusant Balthazar, le menuisier, de l'avoir déplacé. Balthazar devait encore une fois nier avant de retrouver le dossier sur son                                         établi.
En réalité, Balthazar essayait de le faire ramener par Némo qui commençait déjà à le mâchouiller. Il

décida donc de le ramener directement à Christian, accusant le chien.

— Mais ce n'est pas le bon dossier, celui-là avait déjà disparu depuis deux semaines !

Christian Hay n'avait jamais le temps de rien, il était constamment perdu dans ses papiers, et oubliait toujours quelque chose d'important. Il se bagarrait contre l'informatique, contre la photocopieuse, contre la machine à café, contre l'armoire à fournitures, qui étaient ses chasses gardées, mais dont tout le monde se servait sans lui demander son avis. Les hommes de la brigade l'aimaient bien, mais le charriaient beaucoup. Ils passaient leur temps à lui cacher ses dossiers, ou à l'interrompre au milieu de l'élaboration d'un tableau très compliqué. Ils ne se gênaient pas, car Christian n'avait aucune fonction de police, donc aucune autorité. Je fus interrompu dans mes pensées au moment où l'on se rendit compte que cette fois-ci, la jambe du cadavre était coincée par un tronc, lui-même bloqué entre les cailloux et la barge. Je fis signe à Lavialle qu'il fallait remonter à la surface ensemble.

— Cela ne suffira pas. Il nous faut deux autres hommes à l'eau. Menna, appelez une équipe, on aura besoin d'aide, qu'il prenne « l'Île-de-France ».

C'était un remorqueur pousseur de 22 mètres de long et d'une puissance de 1 200 CV. Véritable maison ambulante avec une cuisine et un coin couchage, il m'arrivait d'y dormir après de longues missions. « Multifonction » il était équipé d'une grue de levage qui pouvait soulever deux tonnes et d'une plate-forme pour l'hélitreuillage. Il possédait aussi un canon à eau qui pouvait arroser à soixante mètres.

— Il faudra bouger la barge. Et vous Monroe, venez nous rejoindre.

Nadia Ait Menna appela aussitôt la brigade. Le téléphone sonna deux fois avant que Christian Hay ne décide de lâcher l'affaire avec le dossier coincé dans la gueule de Némo.

— Paolo, le capitaine a besoin d'une seconde équipe !

Nadia raccrocha.

— C'est bon mon Capitaine, Bastiani et Lezeau arrivent.

L'équipe avait l'habitude de ce genre de situation et les alertes étaient courantes au sein de la Brigade. En quelques minutes à peine, la deuxième équipe était partie pour prêter main forte aux collègues qui étaient dans l'eau glacée de la Seine. Sur le chemin, ils s'équipaient avec les combinaisons et les bouteilles. Il ne fallait pas perdre de temps. Bastiani débarqua avec Lezeau aussitôt dans l'eau. Les ordres étaient clairs et nets, mais le bruit de l'eau m'obligeait à crier pour que le reste de l'équipe puisse entendre et réagisse vite.

— Bastiani vous tirez la barge, nous trois, nous sanglons et vous Nadia, vous hissez sur le quai.

— Vous êtes prêt ?

— Oui Capitaine.

— C'est parti !

Le moteur du Zodiac de Bastiani gronda tout en poussant la barge lentement qui se décala de quelques centimètres, libérant le câble électrique, les sacs plastiques fantomatiques, des déchets, et d'une manière plus onirique, une pléiade de bulles d'air qui remontait à la surface. Je sentais que les éléments se détachaient autour de nous, dénouant des nœuds d'ordures, nous laissant plus de manœuvre pour bouger le tronc et enfin sangler le corps. Une fois à la surface, je fis signe de le hisser. L'opération fut acrobatique, mais l'équipe assurait, et tout se passa finalement sans problème. Nous étions à la fois détendus par le bon déroulement des choses, mais aussi crispés face à la dépouille contractée par la rigidité cadavérique. La myosine avait coagulé dans son corps, provoquant la perte de l'élasticité des tissus. Dans quatre jours ces signes biologiques auraient disparu, habituellement au moment de la décomposition. Ce n'était pas son cas. Ce mort n'avait définitivement pas encore deux jours. Il n'était pas question d'être blasé. Nous étions une police de l'eau présente pour prévenir des dangers et sauver des vies. Pas pour la pêche aux cadavres. Aucun de nous ne s'y habituait.

Vu sa corpulence, il s'agissait d'un homme. Une fois que nous étions remontés, Nadia tendit la main pour repousser le capuchon entouré d'une fourrure collante qui cachait son visage. Ce fut un choc : tout le monde reconnut la victime. Nathan mit sa main devant sa bouche pour étouffer un cri. Il s'agissait du Commandant Bourdieu, notre Commandant qui dirigeait la Brigade Fluviale depuis douze ans... Son crâne avait clairement été enfoncé par un « objet contondant ». Il était là, immobile, rigide, froid, le visage en partie déformé par un bâillon. Je devais contacter Eva Monet de la PJ et son équipe d'experts pour qu'ils nous retrouvent sur la scène de crime. Je savais à qui j'avais affaire et soupirai sans pouvoir retenir cette émotion. Nous avions l'habitude de travailler ensemble depuis un an, date de sa mutation. Tout nous opposait, que ce soit dans les méthodes de travail, ou dans le caractère. Son côté, posé et super-méthodique m'exaspérait. C'était à la limite de la maniaquerie. Mais je crois que c'est ce qui faisait que cela fonctionnait entre nous, un peu comme deux aimants qui se repoussaient et qui s'attiraient. Je devais reconnaître aussi que je n'étais pas insensible à son physique. Je pense que, comme toutes ces jolies femmes, elle le savait et en jouait. Il fallait voir les hommes de la Brigade faire les paons quand elle mettait les pieds sur notre ponton. De mon côté son mal de mer me faisait sourire. Elle évitait dès que possible de monter sur nos bateaux et préférait rester sur la terre ferme et moi, j'insistais, juste pour voir...

Deux équipiers se chargèrent de fixer le Zodiac au quai. Personne ne parlait. La découverte du corps d'un des nôtres nous avait secoué. Notre chef, celui qui avait donné le « ton » et la « couleur » à la Brigade depuis plusieurs années venait de nous quitter. Cette nouvelle allait faire du bruit au sein de la Préfecture de Police de Paris. Un de ses chefs venait d'être tué.

Là, tous plantés sur le quai, l'attente de la PJ semblait interminable. Du coin de l'œil, j'observais Nathan Monroe qui s'éloignait pour prendre de profondes respirations. Leader par hérédité, Nathan dégageait une impression de calme et d'assurance. Il était compétent, savait prendre des décisions dans l'urgence « *chaque seconde qui passe est une vie en jeu* » disait-il, et j'avouais me reposer parfois sur lui. Homme de terrain au contact facile, il arrivait à développer une vraie complicité avec ses subordonnés tout en gardant sa place de chef. Il préférait toujours négocier avant de rentrer dans le lard. Mais gare au lard si la négociation échouait! Jusqu'au-boutiste, il lui arrivait de contourner les règlements pour mener ses enquêtes. Je l'avais surpris plus d'une fois et n'avais rien dit. Je savais qu'il n'aimait pas que les spécialistes de la police terrestre viennent le déposséder de ses affaires et il luttait pour en conserver la maîtrise. Dans sa vie privée, c'était un solitaire qui vivait sur un bateau amarré à la Bastille et aimait les promenades en Zodiac dans la brume matinale. Passionné d'écologie, il connaissait toutes les espèces de la faune et de la flore évoluant dans les eaux du fleuve. Il s'extasiait devant un couple de martin pêcheur niché dans des salicaires communes et parsemées d'orchidées rares dont j'avais oublié le nom. Tout le monde à la Fluve savait aussi qu'il donnait la becquée à un héron cendré au doux petit nom de « Sénèque », sans doute à cause de « Néron » et qu'il maugréait face aux invasions des cormorans s'abattant sur les jeunes nidations. C'était une passion qu'il partageait largement avec notre Commandant. Ainsi, ils devinrent l'un pour l'autre, un fils et un père. Nous le savions, parce qu'ils s'inquiétaient très souvent l'un pour l'autre, et que l'on pouvait voir dans leurs yeux respectifs cet éclat de tendresse à chaque fois qu'ils échangeaient un sujet de discussion ou des gestes protecteurs lors d'une action sur le terrain. Ce matin-là, Nathan aurait souhaité le voir rentrer à la Fluve bougonnant parce que le ponton était un véritable foutoir! C'était vrai que la nuit avait été mouvementée avec un bateau encastré dans un pont et un Suisse qui avait fait une tentative de suicide avec son chien attaché à une main et à l'autre une boite à outils Facom. Ce détail n'était pas passé inaperçu, ce n'était pas de la sous marque !

Mais non, notre Commandant Bourdieu n'était plus de ce monde. Nathan accusait le coup. Il shoota dans un caillou qu'il envoya balader dans la Seine.

Cela faisait plus d'une heure que l'on poireautait et ce n'était pas dans les habitudes d'Eva Monet d'arriver tardivement sur une scène de crime. Le boulot passait avant toute autre chose chez elle et je me demandais toujours si elle avait une vie hors du service ? Son portable collé à l'oreille, elle sortit de sa voiture. Ses cernes me disaient qu'elle n'avait pas dormi cette nuit-là.

— C'est quoi aujourd'hui ?

— C'est grave ! répondit Nathan qui souleva la capuche. Les sourcils se dressèrent aux dessus des yeux d'Eva. Elle le reconnut.

— Les gars, je suis désolée.

— Qui l'emmène à l'institut médico-légal ? Vous ou nous ?

— Allez-y Laurens, je les préviens. On doit bien ça à votre Commandant : une dernière virée sur la Seine avec son équipe.

Sur le ponton de la Fluve, loin de se douter de la mort de leur chef, dans un joyeux boxon matinal, une bimbo très blonde et très plantureuse attendait à l'entrée que quelqu'un veuille bien s'occuper d'elle. Toutes les trente secondes, une personne différente passait devant elle et lui demandait de patienter. Au début, elle attendit poliment en faisant des bulles de chewing-gum, mais elle finit par perdre patience et trépigna. Finalement, Michaël Salomon s'intéressa à elle, plus pour des raisons « esthétiques » que professionnelles. Salomon était dans la ligne de ces mecs soûlants. Si on l'écoutait, il avait tout vu, tout fait, tout essayé. Il racontait chacune des interventions auxquelles il participait comme un film dont il était le héros. En dehors de s'inventer une vie, ses principales occupations étaient d'entretenir sa cool attitude, son physique et l'admiration des femmes. Trois disciplines dans lesquelles il excellait.

Une vague vint heurter le ponton au moment où il lui demandait avec une voix de crooner s'il pouvait faire quelque chose pour elle ? Déstabilisé il posa sa main sur son genou. Elle ouvrit la bouche pour parler lorsque Monroe, Menna, Bastiani et Lezeau revinrent de leur mission en soufflant dans leurs sifflets pour attirer l'attention de leurs collègues. Michaël, intrigué comme les autres, laissa tomber la bimbo et alla les rejoindre.

La bimbo s'énerva, traversa le ponton à grandes enjambées, se planta devant tout le monde, et cria :

— Bon, ça fait une demi-heure que j'attends ! Je suis Marie Dos Santos, je suis la nouvelle brigadière et j'ai rendez-vous avec le Commandant Bourdieu ! Vous pouvez me dire où il est ?

Silence glacial. Nathan Monroe, entre les larmes et le mépris, toisa Marie et lui répondit :

— On vient de repêcher son cadavre. T'as une autre question, Dos Santos ?

Christian Hay qui venait d'arriver éclata en sanglots. André Letort, le mécano, surnommé « le vieux », secoua la tête et s'en alla, complètement abattu. Bourdieu était comme un frère. Dans un silence pesant son corps fut emmené au l'Institut médico-légal, la procédure reprenait le dessus. Il fallait prévenir la famille du Commandant. C'est le genre de message que personne ne voulait faire. En temps normal, Bourdieu le faisait lui-même, partant du principe que c'était le plus haut gradé qui devait porter la nouvelle. Je réfléchis quelques secondes. Le plus haut gradé, c'était moi ! Je levai les yeux au ciel pour prendre du courage. Je voyais déjà le visage de Catherine, la femme du Commandant. Marie Dos Santos était dans un coin. Elle n'avait pas bougé et semblait être de cire. Seuls ses yeux avec de grands faux cils bougeaient. Eva Monet qui nous avait rejoints, montra un instant de faiblesse en s'appuyant sur le rebord du bureau.

— Café ? lui proposai-je.

Eva Monet fit un signe de la tête et acquiesça. Un autre appel lui redressa la colonne vertébrale. Elle répondit. Après quelques secondes de silence, elle demanda :

— Ce sont les égoutiers qui l'ont trouvé? Eva Monet soupira en raccrochant puis se tournant vers moi, fulmina. Ça ne va jamais s'arrêter ! Capitaine, nous avons un autre problème.

— C'est où ?

— Les égouts, côté Bastille.

— Bastiani, je te laisse gérer l'équipe de jour. J'y vais avec Salomon et puis... tiens, toi la nouvelle, tu viens avec nous. Dos Santos ?

— Oui mon Capitaine.

— Prends des bottes dans la remise, tu vas crever le bateau avec tes talons aiguilles !

# 2

À peine au bout de quelques mètres, on pouvait déjà sentir l'air froid du nord s'engouffrer dans les boyaux souterrains qui servaient d'égout à Paris. Il faisait sombre et l'odeur acide des décompositions en tous genres remontait dans nos gorges. Je toussai en croisant quelques officiers de police protégés par un masque. Eva Monet et moi-même leur tendions nos cartes de police. A quelques mètres, les techniciens se dispersèrent, nous laissant observer les lieux. L'équipe de l'autopsie attendait que mes gars repêchent le corps. Chose que nous fîmes sans complication, car cette fois-ci, le corps était en partie sur la berge. Par contre, l'état de décomposition attirait déjà les mouches. Elles bourdonnaient autour de nous, comme des vautours. Je les détestais. Le visage n'était plus qu'un masque à la peau tirée et à la teinte verdâtre. L'identification sera plus longue et les investigations pour Eva Monet plus poussées. Je ne voulais pas imaginer la longueur du procès-verbal qu'elle allait se coltiner. En attendant, elle procéda aux mesures conservatoires, parties du corps et des lieux. Elle demanda l'apposition d'un scellé sur l'entrée de l'égout et désigna un gardien des scellés.

Il était temps pour nous de rentrer au « ponton » et pour moi de rédiger le rapport du Commandant Bourdieu. Mais une fois derrière mon bureau, devant la page blanche, je soupirai et remis la tache à demain. Je fis un dernier tour dans le bureau de Bourdieu, rangea quelques dossiers aux feuilles éparses avant de sourire en regardant une collection de billets de Football, et plus particulièrement celui qui était entouré d'un cercle rouge au stade de France. Je remarquai même qu'il y en avait plusieurs. Il était comme cela Bourdieu, fan à 100% !

Je crus qu'après avoir vu deux cadavres aujourd'hui, ma nuit allait être profonde. Mais ce fut une toute autre histoire. Je me réveillai, pris d'une fulgurante démangeaison qui commençait au pied pour atteindre la cheville. Serais-ce ces deux jours non-stop dans l'eau ? Une allergie à ma combinaison en néoprène ? Une piqûre de bestiole ? Ou peut-être que je somatisais ? J'ouvris mon armoire à pharmacie et étalai sur la rougeur une pommade verte achetée en Thaïlande, vendue pour ses effets antihistaminiques, anti-irritations et anti-démangeaisons, une véritable « crème couteau Suisse ». Rien n'y fit, bien au contraire, je me grattai de plus belle. Je décidai alors d'avaler un somnifère. C'était classé, je dormis jusqu'au petit jour.

Dès 8h00, l'enquête sur la scène du crime se poursuivit sur le quai d'Issy-les-Moulineaux, là où avait été repêché le cadavre du Commandant. Étaient réunis, le service de la Crime et la Brigade Fluviale. Enfin, je pouvais partager un café avec Eva Monet. Je lui tendis les sachets de sucre...

— Comment ça se passe à l'Élysée ?

— Devoir de réserve, je ne peux rien vous dire, juste que c'est la panique.

— J'ai vu les gros titres avec le Ministre, c'est chaud ! Et le cadavre de la Bastille, des nouvelles ?

— Muet, nous attendons le retour du labo. Même chose pour le Commandant Bourdieu. Pour l'instant, avec ces trois meurtres, j'ai le sentiment d'avoir la tête sous l'eau. Sans jeu de mot bien sûr... Je sais que ce n'est ni le jour, ni l'endroit. Elle s'arrêta net pour ne pas brûler ses lèvres au contact du café chaud.

Dans les profondeurs de la Seine, Nathan Monroe et Nadia Aït Menna cherchaient des indices. Tout était très lent et très méticuleux, presque poétique. Dans l'obscurité boueuse de la Seine, ils ramassèrent des objets qu'ils enfermèrent dans des sacs en plastique, sans les vider de leur eau. Ils prenaient des photos, ils prélevaient des échantillons d'algues sur le mur où avait été coincé le corps du Commandant. Le temps au temps, il fallait être patient. Moi, je trépignais tout en observant les cuisiniers du restaurant vider les eaux usées directement dans le fleuve. En les désignant du menton, j'interrogeais Eva Monnet.

— Ils ont vu quelque chose ?

— Ce sont tous des sans-papiers, alors avant qu'ils balancent une info.

— Vous voulez dire qu'ils ne parleront pas ?

— Pas question pour eux d'être sous les feux des projecteurs. D'ailleurs, vous avez remarqué, ils viennent de quitter la cuisine. Non, on ne peut rien leur demander, en revanche, le type là sur sa péniche qui est amarrée devant et qui nous observe depuis plus d'une heure en arrosant ses pétunias ... Lui, je vais me le faire.

— Ben alors qu'est-ce que vous attendez ?

— Un bout de papier qui s'appelle Enquête préliminaire. J'attends l'autorisation du parquet.

Mouais... Pensais-je en silence. Avec Eva Monet, il fallait toujours attendre que la paperasse ouvre les portes. De mon côté, c'est la paperasse qui devait me suivre. Alors subitement, je fus pris d'une fulgurante envie de me soulager. Je profitai d'un petit détour aux toilettes, pour m'arrêter au niveau des cuisines. En effet ; les gars étaient assis en train de fumer une cigarette, attendant que la police disparaisse. Puis, je décidai de longer le quai tout en m'approchant de la péniche voisine. Je pouvais entendre Eva Monet s'exciter dans sa voiture : « mais qu'est-ce qu'il fait cet imbécile ! »... Mais rien ne pouvait m'arrêter, en dehors du pitbull qui sauta jusqu'au grillage de la porte d'entrée de la péniche. Son propriétaire cessa d'arroser ses pétunias et vint me voir.

— Bonjour Monsieur ? Je trouvais votre péniche très belle et m'interrogeais sur la peinture de votre coque. C'est de l'époxy ?

— Oui, juste au-dessus de la ligne de flottaison.

— Vous venez de la poser ?

— En effet, une semaine de galère, sous le soleil. Même au printemps, ça tape.

— Quelle patience, en tout cas bravo, c'est réussi. Belle journée.

— Merci, vous aussi.

Je le saluai puis regagnai au plus vite la voiture d'Eva Monet.

— Laissez tomber, il n'a rien vu.

— Je vous trouve bien catégorique.

— Ce type a passé une semaine suspendu au-dessus de son plat-bord avec des lunettes de protection et une peinture qui assomme les neurones. Le nez sur son pinceau et des mètres de coque. Il a dû bosser à la fraiche et s'endormir très tôt. Eva Monet ne répondit pas, elle savait que j'avais raison. Nathan Monroe et Natia Menna sortirent de l'eau et firent signe qu'ils avaient terminé. Il était temps de rentrer à la Brigade Fluviale. Une fois là-bas, tout le monde était comme anesthésié : un calme déprimant régnait à la Fluve. Chacun était enfermé dans un silence de deuil. Même Nemo restait dans son coin sans bouger. Je m'enfermai à mon tour dans mon bureau où m'attendait la rédaction du rapport. Cette fois-ci pas question de filer à l'Anglaise. Mais par où commencer ? Je regardai par la fenêtre pour trouver les premiers mots et vit Marie Dos Santos assise sur un bollard, regardant l'eau. Personne n'avait jugé bon de la prendre en charge. La voyant seule, Christian Hay essaya d'engager la conversation, pour lui tenir compagnie, mais dès les premiers mots, il se remit à pleurer et s'en alla. Je fis tomber les stores et commençai le rapport par : « Le Commandant Bourdieu quitta la brigade à 22H... ». Soudain, le téléphone sonna. Je soupirai et décrochai. À l'autre bout de la ligne, le Ministre de l'intérieur m'appelait pour me présenter ses condoléances et me demander de faire la transition en attendant de nommer un nouveau Commandant.

— Je suis sûr que vous saurez faire ça très bien Laurens, et les hommes vont vous suivre. Je compte sur vous pour que les choses avancent et vite. On suit cela de très près au ministère et à la Préfecture. Transmettez bien mes condoléances à toute l'équipe. Je viendrai vous voir dès que possible. Merci capitaine. Et il raccrocha.

**********

Une fois encore Eva Monet se demandait si elle allait avoir affaire à une épouse trompée en s'essuyant les pieds sur le paillasson avant de pénétrer dans l'appartement du Ministre de l'écologie. Eva ne prit même pas la peine de s'asseoir en face de la veuve éplorée sur le sofa. Elle préférait mener son enquête debout, à regarder les objets et les cadres photos du couple décorant un mobilier simple. Eva remarqua qu'ils n'avaient pas d'enfants. Elle alla droit au but.

— Vous savez qui aurait pu en vouloir à votre mari ?

— Je ne pourrais pas vous dire, il avait des ennemis, mais de là à l'assassiner. Je sais qu'il avait un problème sur un dossier et...

Eva ne la laissa pas terminer.

— Quel dossier ?

— La construction d'une passe à poisson. Cela faisait quelques mois qu'il était sous la pression de la directrice du Port Autonome. Désolée, je ne me souviens plus de son nom.

— Nous trouverons. Et puis ?

— Mon époux me disait que la Directrice souhaitait un coup de projecteur pour effacer le disfonctionnement de sa gérance. Il était question de quelques milliers d'euros pour des poissons, alors qu'il y avait des choses beaucoup plus urgentes en termes d'écologie. Je crois qu'ils ont eu un gros clash.

— Quand ? Eva ouvrit son calepin pour noter.

— Quelques semaines, peut-être au début du mois.

— D'autres problèmes avec des collègues ?

— Les frères.

— Pardon ?

— Vous savez les Loges.

— Votre époux était Franc-Maçon ?

— Oui comme beaucoup et non parce qu'il les quitta. Mais mis à part quelques petites rivalités, rien de suspect.

— C'est vous qui le dites. Quelle Loge ?

— La Grande Loge de France.

Comme Eva pouvait s'y attendre, il avait fait parti de ce réseau d'influence dont la devise se confond avec celle de la République : Liberté, Egalité, Fraternité.

— Pas de menaces ?

— Pas à ma connaissance.

— Sinon, dans vos relations ? Vos amis, votre famille, votre entourage ?

— Nos amis sont loyaux et fidèles.

— Et vous ? L'êtes-vous... Fidèle ?

— Moi oui, mais... l'épouse baissa le visage, sans doute la honte.

Et voilà, encore une ! se dit Eva, et en plus, elle culpabilise pour son mari.

— Vous avez un nom ?

— Non, rien, mais je sais qu'il passait du bon temps avec elle à écouter de la musique classique ou de l'opéra. Lors de son dernier appel justement, j'ai pu entendre une mélodie, vous savez, une très connue. Elle cherche les notes et commence à les chanter. Eva l'interrompit tout de suite.

— Laissez, c'est inutile. Donc vos relations avec votre époux étaient tendues ?

— Non, je fermais les yeux, c'est tout. Il m'apportait tant à côté de ça.

Eva put détecter une immense douceur dans cette dernière phrase. Elle n'avait pas besoin de l'interroger plus longtemps. Le meurtrier était ailleurs ou un nom noté sur la liste de son petit calepin, qu'elle referma d'un coup sec.

— Merci madame et encore toutes mes condoléances.

Eva se dirigea vers la sortie lorsqu'elle entendit l'épouse fredonner un refrain.

— Oui, c'est bien cela, la Chevauchée des Walkyries ...

La porte se referma. Pathétique, se dit Eva en partant.

**********

Sur un quai du douzième arrondissement, Lionel Bastiani n'attendit personne pour aller interroger un chef de chantier. Celui-ci était catastrophé et un peu incrédule : on venait de lui voler un pont ! Toutes les poutres métalliques, les rivets, les traverses, et même les échafaudages, qui attendaient sur la berge pour la fabrication d'une nouvelle passerelle piétonne avaient disparu en une seule nuit. Évidemment, les voleurs avaient dû passer par le fleuve : il n'y a qu'en bateau qu'on peut transporter de telles quantités de matériaux sans se faire remarquer. Un appel sur son téléphone l'interrompit. C'était Christian Hay qui lui demandait de rentrer le plus vite possible : il lui rappela qu'une veillé était prévue pour le Commandant. Bastiani leva à peine un sourcil.

— Il est mort ! Bon, ben, alors, est-ce que tu peux m'expliquer en quoi le fait de rentrer *le plus vite possible* changera quoi que ce soit ? Je suis en plein milieu d'une enquête. Je rentrerai quand j'aurai fini.

Nathan Monroe et Nadia Menna revinrent de leur enquête, sans se faire d'illusions sur leur collecte. La seule certitude, c'était que le Commandant Bourdieu avait quitté la Fluve la veille vers 22H00 pour rentrer chez lui et qu'il n'était jamais arrivé à destination. Nathan Monroe alla se doucher, sans un mot. Il avait besoin d'être seul avant la veillée.

Quand Lionel Bastiani arriva finalement après son enquête, le téléphone était en train de sonner et personne ne décrochait. Mais où est encore passé Christian Hay !? Agacé, par l'apathie générale, il prit la communication. C'était un appel de détresse pour un pousseur à la dérive dont l'hélice venait de casser, car elle était coincée par des poutres de bois. Bastiani alla chercher André Letort, leur mécano. Ils allaient avoir besoin de lui. Celui-ci bougonna, détestant être dans l'action. En plus, il venait de se taper une heure et demie de vélo pour venir travailler à cause des travaux sur la ligne 6, métro Bir Hakeim. Bastiani embarqua avec lui Marie De Santos, sur le Bourgogne, bateau puissant de la Fluve.

— Vous êtes la nouvelle ? Allez, venez avec moi !

Au dernier moment, Nadia Menna qui n'eut pas le temps de quitter sa combinaison de plongée, demanda à Bastiani ce qu'il se passait. Il répondit laconiquement qu'un pousseur et ses barges étaient en perdition près du pont de Bir-Hakeim.

— Tu aurais pu nous prévenir !

— Vous aviez tous l'air très occupés à broyer du noir, répondit-il sans sourire.

Il tapa sur l'épaule de Letort, qui démarra Le Charente, un hors-bord de 8 mètres et de 225 chevaux. Il pouvait voler littéralement au-dessus de l'eau. Très rapide et très léger, le piloter revenait à lutter contre les éléments. C'était le bébé chéri d'André Letort. Nadia Aït Menna fit le rappel des troupes restantes et tous embarquèrent sur un Zodiac, sauf Nathan Monroe, qui était sous la douche. Le Charente arriva le premier. Tandis que sur le pousseur, les mariniers firent leur possible pour dériver dans le sens du courant, mais c'était peine perdue : petit à petit, l'embarcation se dirigeait vers les maisons flottantes. Sur les ordres de Lionel Bastiani, André Letort accosta le pousseur et sauta dessus pour voir s'il y avait quelque chose à faire. Mais l'hélice était bel et bien fichue. Le Zodiac de la Fluve arriva à ce moment. Nadia Menna n'en crut pas ses yeux, au lieu d'évacuer les mariniers, Bastiani avait fait monter André Letort sur le pousseur. Elle lui ordonna de débarquer tout le monde. Bastiani ne voulait rien entendre.

— Si on n'arrête pas le pousseur, il va percuter avec ses barges un house-boat. Les coques ne tiendront pas le choc et ce sera le naufrage pour tout le monde. Il faut dévier le pousseur et plus vite que ça !

— On n'a pas le temps de faire venir l'Île-de-France, répondit Nadia.

Bastiani s'entêtait. C'était une vraie tête de pioche. André Letort remontait sur le Bourgogne et Bastiani le fit manoeuvrer coque contre coque avec le pousseur en perdition, en faisant tourner les moteurs à fond. Les mariniers devaient rester à bord pour tenir la barre. Mais l'affaire se compliqua lorsque des dizaines de planches et de poutres en bois, venues d'on ne sait où, descendirent le courant, venant percuter les embarcations en faisant des vagues. Le Zodiac était chahuté et tanguait dans tous les sens. Michaël Salomon était assis sur un des boudins du bateau, un peu en équilibre. Il se préparait à plonger et fixait son matériel sur le dos. Il pivota le haut du corps pour bien placer ses bouteilles. À ses pieds, on avait laissé du matériel que nous devions ranger plus tard sur le ponton, mais l'appel pour la mission faisait que tout était resté à bord. Cela ne laissait que très peu de place pour les uns et les autres. Et comme il fallait s'y attendre, le brusque mouvement que fit le Zodiac fit tomber Salomon à l'eau. Il n'avait pas eu le temps de mettre son masque et lorsqu'il refit surface, il était furieux d'avoir bu la tasse et de s'être cogné contre la coque du pousseur par la même occasion.

— Vous faites chier !

La ligne de jet se déroula, Nadia Menna lui lança une bouée, pour qu'il puisse éviter les poutres, et ainsi le repêcher tout en évitant de le blesser. Le Bourgogne, de son côté, devait manœuvrer à contre-courant pour mettre ses hélices à l'abri des planches. Bastiani parvint finalement à ses fins. Sous sa direction, Letort plaqua le bateau à la dérive contre le quai, sous le pont de Bir-Hakeim, en évitant de justesse une péniche de fret illégalement garée là « La Traviata ». C'était comme les voitures porte de Saint Cloud les soirs de matchs au Parc des Princes : les gens se garaient vraiment n'importe comment ! Très en colère d'avoir risqué la vie de tout le monde, Nadia Aït Menna adressa un regard assassin à Bastiani, qui l'ignora superbement, préférant, d'un air provoquant, ordonner sèchement à Marie Dos Santos d'aller verbaliser la péniche qui se croyait autorisée à s'amarrer sous un pont. Encore sous l'émotion, elle mit un temps à réagir. Paolo Télézio se proposa pour l'accompagner. Paolo était d'origine italienne. Ce côté italien se reflétait dans sa façon de porter l'uniforme : son look était très important. Il aimait faire le beau lors des enquêtes sur le terrain avec les témoins, surtout quand c'était de jolies filles ; le fameux prestige de l'uniforme ? C'était un véritable flic de terrain, très instinctif. Mais son côté chien fou était difficile à gérer. Cela lui valut des blâmes de sa hiérarchie, ce qui ralentissait considérablement son avancement.

Son frère était sourd-muet, ce qui avait permis à Paolo d'apprendre le langage des signes. Son rêve était de participer à des courses d'off-shore en professionnel ; il s'entraînait avec la police pour faire un équipage avec Letort. C'était l'as du Zodiac et des poursuites. Côté cœur, il avait du mal à se poser et enchaînait les conquêtes féminines.

— Eh, Télézio, tu vas où ? Il faut repêcher les poutres qui flottent sur la Seine ! Lui ordonna Bastiani.

Sur quoi Paolo Télézio répondit.

— Précise-moi, tu n'es pas encore à la place de Bourdieu ? Avant d'emboiter le pas à Marie De Santos.

Sans perdre de temps, ils allèrent directement sur « La Traviata » mal garée. C'était un bateau poubelle, qui pour l'heure ne transportait pas de cargaison. Ils furent accueillis par un marinier assez crasseux, qui s'excusa, prétendant qu'il avait une panne de moteur qu'il était en train de réparer. Il pensa pouvoir embrouiller ces deux jeunes policiers facilement, mais il se trompa. Marie De Santos fut très ferme et Paolo Télézio fit le tour du bateau relevant toutes les infractions à la réglementation. Au passage, Marie De Santos bouscula par inadvertance un énorme écrou brun, qui tomba et se cassa en deux en atterrissant. Elle le ramassa : ce n'était pas un écrou ; ça ressemblait plus à une bougie en cire, ou à un cierge.

— Excusez-moi, j'ai abîmé votre bougie.

Le marinier lui prit brutalement des mains et lui assura que cela n'avait pas d'importance. De retour à la Fluve, Lionel Bastiani et Nadia Menna étaient en train de se disputer. Elle lui reprocha les risques qu'il avait pris. Il fit valoir que le résultat parlait en sa faveur. Elle l'accusa de tenter de tirer parti de la mort du Commandant.

— Ton désir de promotion est obscène ! dit elle avant de partir en claquant la porte.

De son côté, Nathan Monroe sortait de la douche lorsqu'il jeta un œil par un hublot et vit une femme d'une cinquantaine d'années s'approcher du ponton. Elle portait des lunettes noires. Nathan alla l'accueillir. Il s'agissait de Catherine, la veuve de Bourdieu. Ils tombèrent dans les bras l'un de l'autre.

— Que s'est-il passé ?

— Je n'en sais rien. C'est le service de la Crime dirigé par Eva Monet qui s'en occupe.

— Puis-je te demander une faveur ? Emmène-moi sur place, là où ils ont retrouvé le corps de mon mari.

Avaient-ils assez de temps avant la veillée ? Nathan Monroe prit les clés de voiture de la veuve et activa les portes à distance. C'était un oui. Ils arrivèrent sur le quai, à côté du restaurant flottant. Ils échangèrent un regard, tous les deux étaient tristes. Ils n'avaient pas besoin de mots. Elle observa autour d'elle, comme pour s'imprégner de l'endroit et frissonna. Avant de repartir, Nathan, le regard perdu dans le vide, remarqua non loin de la scène de crime, l'entrepôt d'un grossiste en matériaux de construction.

— Catherine, vas-y maintenant, je me débrouille pour rentrer plus tard par mes propres moyens, ne t'inquiète pas.

Il la raccompagna à sa voiture. Une fois seul, Nathan Monroe pénétra dans les bureaux de l'entrepôt du grossiste et scruta les écrans de contrôle des caméras : l'une d'entre elles montrait le restaurant flottant en arrière-plan. Il demanda une copie de l'enregistrement de la nuit, puis rentra à la Fluve juste à temps pour la veillée.

Je venais tout juste d'écrire la dernière phrase de mon rapport et me relus. J'avais peur de ne pas avoir répondu à toutes les règles conventionnelles de forme.

Rapport de police 901-2541 relatif à la découverte du cadavre du Commissaire Bourdieu, établis le 14 mai de cette année. Nous avons été appelés quai d'Issy-les-Moulineaux par le restaurant flottant « Des deux Rives ». Ce sont les cuisiniers qui ont aperçu le corps d'un homme sous l'eau. Le patron qui connaît nos champs d'action, nous a contactés. Après avoir libéré le corps au petit matin, nous avons pu constater qu'il s'agissait du Commandant Marcel Bourdieu. Disparu dans la nuit. Le corps n'était pas en décomposition, pas de larves, pas de gonflements. À première vue, la mort serait due à une hémorragie cérébrale consécutive à un coup violent porté à la tête par un objet contondant. Sur son corps, nous avons trouvé des indices, bâillon, gant de chantier, cordelette. L'ensemble des scellés a été transmis aux services spécialisés de la police scientifique. - À Paris, signé : le Capitaine Laurens Louis.

Pour le reste, rien ne parlait, c'était le grand silence. Lorsqu'une sirène sonna au loin, comme pour me rappeler à l'ordre. Je pris le drapeau de notre unité et sortis de mon bureau pour rejoindre le groupe de la Fluviale au grand complet. Quelques minutes plus tard, nous étions tous réunis dans la grande salle autour d'une photo du Commandant, éclairée d'une bougie. Chacun se regardait avec les yeux rouges de tristesse et de colère. Je me levai et pris la parole en notre nom à tous. Les premiers mots furent les plus difficiles à sortir. J'avais la gorge serrée. Il est toujours laborieux de résumer en quelques minutes la vie d'un homme. Mon regard alla droit vers la photo du Commandant puis vers Catherine qui serrait un mouchoir dans sa main.

— Nous connaissions tous l'homme extraordinaire qu'il était. Aujourd'hui, c'est à l'ami, le père, le frère, l'époux que je voudrais m'adresser...

Pendant ces quelques minutes d'hommages, personne ne bougeait. Le temps était suspendu sur ce ponton rustique. Même Némo avait pris place au pied de la photo du Commandant. Sa queue frétillait doucement. Cette scène fit sourire Catherine pendant quelques secondes. Après mon discours, je m'étais imaginé une soirée au calme, lorsque Nathan Monroe agrippa ma chemise. Pas besoin d'être devin pour voir qu'il souhaitait me montrer quelque chose. Il m'emmena dans mon bureau et activa la vieille TV avec son magnétoscope. Au départ, l'image était sombre et floue. Il y avait peu de choses à voir. Mais à un moment, on distinguait clairement une ombre qui pourrait bien être le corps du Commandant en train de flotter et de passer derrière la coque. Quel con ! Je réalisai qu'il nous fallait récupérer toutes les caméras des entreprises en bord de Seine entre la Fluve et le restaurant. J'ordonnai à Paolo Télézio de s'en charger, Nathan Monroe devait se reposer. Une fois seul dans mon bureau, je me demandais si le Commandant n'était pas sur une enquête « privée », une affaire qu'il aurait cachée à la brigade pour une raison ou une autre. Ma main glissa sur ma cheville, réalisant qu'elle avait légèrement gonflé et que les rougeurs de la veille avaient atteint la moitié de ma jambe. J'ouvris un tiroir et me tartinai la surface de l'irritation avec une crème antiseptique. Si cela ne s'arrangeait pas dans les jours à venir, j'irais voir le médecin.

Le fauteuil de son bureau grinça, lorsqu'Eva Monnet s'y installa pour lire au calme les rapports en cette fin de journée. Elle connaissait la réglementation mieux que quiconque. En fait, elle la connaissait par coeur parce qu'elle avait acquis une formation dans un cabinet d'Avocats. Pour arrondir son budget d'étudiante, elle avait intégré comme stagiaire l'équipe des juristes durant les grandes vacances et s'était révélée douée pour trouver les articles de lois pertinents et autres procédures sur les crimes. Déjà, elle aimait déceler les indices et établir des pistes. À l'époque, sa participation avait aidé le Cabinet à coincer un coupable. Lorsqu'il fut arrêté, Eva Monnet en éprouva un fort sentiment de satisfaction. Elle sut qu'elle devait devenir Enquêtrice et que les dossiers avaient une importance primordiale. Alors, lorsqu'elle tourna et retourna les feuilles et s'aperçut que des documents manquaient, elle fut prise d'une colère étouffée : sa mâchoire se crispa, pinçant ses lèvres. Elle décrocha son téléphone.

— Rassure-moi à L'IML, vous ne faites pas grève ? Il manque la toxicologie dans les trois dossiers ! Vous abusez !

De l'autre côté, elle entendit un chapelet d'excuses.

— Non, c'est trop long, je vous donne 30 minutes, pas une de plus.

Ce ne fut pas dans l'heure, ni plus tard dans la soirée, mais bien dans la demi-heure qu'elle téléphona, pour ruer dans les brancards. Éva tomba sur le répondeur de la Préfecture. Visiblement, tous comptaient leurs heures. Pas elle. Eva n'avait pas de famille, alors forcément, elle faisait des heures sups tous les jours. Elle bailla et décida de dormir dans son bureau dans lequel elle avait installé un lit de camp. Au départ, ce dispositif ne devait servir que de temps à autre, mais cela devenait récurant. Elle pensait même à sous-louer son appartement avant de s'endormir avec un dossier dans les bras.

Au petit matin, son adjoint Arnaud Blanchard poussa la porte.

— Commissaire, nous avons ça pour vous !

Eva se frotta les yeux et arracha des mains les papiers tendus, comme aurait pu le faire un ours mal réveillé.

— Thé ou café ce matin ?

— Les deux, mais dans l'ordre thé en premier. Eva avait ses petites habitudes...

Ce n'était pas sans danger de réveiller la Commissaire. Arnaud Blanchard le savait pour avoir un jour reçu un tome du droit pénal dans la figure. Il se souviendrait toujours du chiffre, c'était le jour de son anniversaire, le N°3. Il lui tendit la tasse d'eau bouillante dans laquelle il plongea le sachet d'Earl Grey.

— Vous m'avez manqué, inspecteur, grommela Eva qui, au lieu de saisir la tasse, prit d'assaut la cravate de son adjoint, pour l'attirer vers elle et ainsi l'embrasser, d'abord timidement, puis plus sauvagement. Ses mains déboutonnèrent rapidement la chemise puis remontèrent jusqu'à la tignasse épaisse d'Arnaud Blanchard. Il se redressa pour fermer la porte à clé. Eva avait déjà sa bouche contre son torse.

# 3

En arrivant à la Fluve, j'avais du mal à trouver mes mots en déposant les croissants du matin au milieu de la table. Bourdieu le faisait de temps en temps pour remonter le moral des troupes, un geste symbolique ne pouvait que nous faire du bien. Dans la salle commune, tous me regardèrent un moment en silence. Oui, je sais, je ne pourrais jamais remplacer Bourdieu, ce paternaliste à l'accent du sud-ouest. Mais je devais tout de même les mettre au courant.

— J'ai reçu un appel de la hiérarchie hier soir, en attendant la nomination du nouveau Commandant, on m'a demandé d'effectuer la transition.

Rassurés, les visages se détendirent, et c'est Bastiani qui plongea le premier sa main dans le sac pour en sortir un pain au chocolat. Tiens, je n'avais pas le souvenir d'en avoir acheté ! Surgit Paolo Télézio, les yeux rougis par des heures à regarder des cassettes vidéo de mauvaise qualité.

— Capitaine, j'ai pu retracer le parcours du Commandant. Venez !

Nous nous précipitâmes dans son bureau. Paolo Télézio en fit la démonstration en activant les films. En effet sur plusieurs cassettes, on pouvait voir Bourdieu marcher tranquillement sur le quai, pour rentrer chez lui. La plupart du temps, il était loin et flou, mais tous reconnaissaient sa silhouette et sa démarche. Il ne semblait pas particulièrement inquiet ou pressé. Le sentiment général était qu'il profitait de la douceur du soir. Paolo Télézio stoppa les machines.

— Il y a une partie du parcours où il n'y a pas de

caméras, mais je retrouve des images, 800 mètres plus loin, et là, le Commandant Bourdieu n'y est plus. Il lui est donc arrivé quelque chose sur les 800 mètres qui n'ont pas été filmés.

Bastiani réagit immédiatement.

— C'est à cet endroit que se trouvait le pont qui avait été volé ! Le Commandant Bourdieu a simplement dû arriver au mauvais endroit, au mauvais moment. Et, rajouta-t-il perfidement, qu'au lieu d'appeler la brigade comme il aurait dû le faire, Bourdieu avait dû jouer au héros. Nathan qui venait de nous rejoindre n'y croyait pas. Il penchait plutôt pour un règlement de comptes, un marinier en colère pour une ancienne affaire et qui aurait décidé de se venger. Je demandais à Nathan Monroe d'explorer cette piste. Il s'empressa d'ouvrir les casiers et se mit à chercher dans les dossiers de Bourdieu les PV et rapports sur la dernière année. Nadia Menna l'aida. De mon côté, une petite visite s'imposait. Accompagné de Bastiani, je rencontrai le chef de chantier de la passerelle qui avait disparu. Je lui montrai les poutres et planches que Paolo Télézio avait sorties de l'eau. Le chef de chantier fut formel : il s'agissait bien du plancher de sa passerelle.

— Pourquoi voler tout ça si c'était pour le foutre à la baille ? s'interrogea-t-il.

— C'est justement la question que je me pose... », lui répondis-je.

Nous rejoignîmes Nadia Menna et Nathan Monroe en pleine tournée, allant de mariniers en mariniers, susceptibles d'être particulièrement mécontents du Commandant Bourdieu. Certains n'étaient plus là, d'autres furent désagréables mais pas forcément suspects. L'un d'entre eux se réjouit de sa mort, qu'il avait appris comme tout le monde sur le site préféré des mariniers « La voix du nord ». Je lui aurais bien collé mon poing dans la figure et démonté les quelques dents qui lui restaient, mais l'uniforme m'interdisait un tel geste. Cependant, je me tournai vers Nathan puis vers lui.

— Dites-moi, je vois que vos extincteurs sont périmés. Si vous avez la même non-conformité dans la salle des machines, mon collègue se devra de dresser un procès-verbal. C'est une infraction catégorie 4. La sécurité Monsieur, la sécurité !

En me tournant vers Monroe.

— Je vous laisse voir cela avec monsieur et vérifiez aussi ses papiers. Je vais en profiter pour inspecter les feux de direction et le reste des équipements.

Le marinier grimaça, il avait compris qu'il avait été trop loin. Mais c'était trop tard. Comme pour ce pauvre Bourdieu.

Après les constatations du meurtre du Ministre et la rédaction du procès-verbal, il était temps pour Eva Monet de rendre visite à Madame Tokbac, la directrice à la fois du Port Autonome de Paris, mais aussi des voies navigables de France, une double casquette. Comme à son habitude, Eva Monet alla droit au but.

— La veuve du Ministre nous a confié que vous avez eu un différend avec le Ministre de l'écologie.

— Vous savez en politique qui ne rencontre pas ce genre de situation.

— Une passe à poisson, cela va chercher dans les combien ?

— Quelques milliers d'euros.

— A-t-elle été réalisée ?

— Non, pas à ce jour.

— Pourquoi ?

— Le financement.

— Je me suis un peu documentée avant de venir. L'opérateur VNF et le Port autonome perçoivent des subventions de l'Etat, pour...

— ...Oui, pour l'entretien de notre réseau fluvial, pour les techniciens, pour...

— Ah là, je vous arrête, vous n'avez que 400 personnes, c'est léger dans le budget... Concentrons-nous sur les dépenses, communications, voyages, cadeaux clients et ... Passe à poisson.

— Où voulez-vous en venir ?

— Pourquoi vous êtes-vous disputés avec le Ministre à ce sujet ? Le projet s'élevait à 7,6 milliers d'euros.

— Oui, mais avec la participation de nombreux financements extérieurs.

— Le ministère de l'écologie ou le Grenelle de l'environnement ?

— Écoutez, inutile de vous rappeler qu'en tant que haut fonctionnaire, j'ai un droit de réserve. Alors, je ne répondrai pas à cette question. Nous en avons terminé.

Eva Monet plongea son regard dans celui de la directrice multi casquettes.

— Vraiment, c'est ce que vous pensez ?

La femme se leva de son bureau en lissant de ses deux mains la jupe de son tailleur gris acier et tendit la main vers Eva Monet.

— Au revoir Madame la Commissaire.

— C'est bien de s'intéresser à la préservation et la restauration de la biodiversité en milieu aquatique. Au revoir Madame et à bientôt. Nous sommes appelées à nous revoir très vite ...

Eva Monet traversa le couloir sous les regards curieux des fonctionnaires. La prochaine fois, elle reviendra avec une demande d'audition. Son téléphone se mit à vibrer. Une voix hurlait. Eva mit à distance son mobile. Elle reconnut la voix du Préfet de Police. Il était furieux. Ça, elle le devinait. En une phrase.

— On n'interroge pas ainsi les hauts fonctionnaires. Et il raccrocha.

La directrice du Port autonome et des VNF, Madame Tokbac, avait été rapide en téléphonant au plus haut niveau. Eva venait de s'en rendre compte. Elle n'aura pas plus d'informations sur le conflit de la passe à poisson. Son téléphone vibra une seconde fois. C'était Blanchard qui venait de recevoir le rapport du médecin légiste pour l'affaire Bourdieu.

— Je t'écoute.

— Il a été battu, le crâne fracassé par un objet, mais ce n'est pas cela qui a provoqué sa mort.

— Toxicologie ? Poison ?

— Non, asphyxie et noyade, il a été poussé dans l'eau où il a agonisé. Mais ce n'est pas tout.

— Tu me l'envoies ?

— C'est fait !

En nous rapprochant de la Brigade fluviale, je vis se détacher sur le ponton la silhouette d'Eva Monet. Petit gabarit à la taille fine et au corps musclé, c'était une jolie femme. Elle m'attendait, mais pas pour répondre à mes fantasmes naissants. Oui, à l'évidence, j'étais attiré par elle, du moins par son physique, car son caractère rigide me refroidissait dans l'autre sens.

— Capitaine Laurens, j'ai du nouveau pour vous.

C'est exactement ça, au lieu de m'appeler Louis pour détendre nos relations, j'avais droit à un Laurens, doublé d'un Capitaine. Et pourquoi pas Monsieur le Capitaine Laurens ?

— Le rapport d'autopsie est arrivé, m'annonça-t-elle. Pouvons-nous être seuls ?

Ah, il y avait là du progrès.

— Venez.

Eva Monet qui connaissait les lieux, prit les devants en longeant le ponton mais en tenant d'une main ferme la rambarde : toujours son mal de mer dès qu'elle était sur l'eau. Arrivée au bureau de Bourdieu, elle tourna la poignée de la porte.

— Non, par ici, dans mon bureau.

Bourdieu était mort vers minuit, de sa blessure à la tête et n'était tombé à l'eau qu'après. La présence du bâillon montrait que son assassin avait dû tenter de l'attacher, mais qu'il ne s'était pas laissé faire. Dans sa bouche, sous le bâillon, un gant de chantier, sur lequel ont été trouvées des traces de cire et de sable fin.

— Je vais me charger de déterminer d'où viennent ces deux éléments.

— Pour le Ministre et le type de la Bastille, des nouvelles ?

— C'est en cours, dit-elle en récupérant un document

sur la messagerie de son portable.

Elle était comme ça Eva Monet, toujours à botter en touche, au lieu de me dire que l'enquête n'avait pas beaucoup avancé. Je l'accompagnai jusqu'au ponton, et, sur le retour, je remarquai que Marie Dos Santos avait toujours du mal à rentrer en contact avec ses nouveaux collègues. En l'observant, je compris qu'elle sentait qu'on ne la prenait pas au sérieux. Par contre, dès qu'elle utilisait sa petite voix perdue de blonde un peu bêtasse, on l'acceptait mieux. Je la vis entrer dans l'atelier de Balthazar et croiser Letort qui était sur le point de rentrer chez lui. Il fanfaronnait. Demain, il n'avait plus à se taper une heure et demie de vélo : sa ligne métro Bir Hakeim ouvrait après deux mois de travaux avec trois jours d'avance. Marie Dos Santos demanda à Balthazar ce qu'il faisait. Appréciant les formes et les courbes, ce ne fut pas compliqué pour lui de lui expliquer sur un ton passionné son métier de « créateur de beauté ». Au bout d'un moment, elle finit par lui demander à quoi pourrait servir un écrou mou ? Il la regarda sans comprendre. Elle lui expliqua qu'elle avait vu un écrou en cire et qu'elle avait d'abord cru que c'était une bougie, mais qu'en y réfléchissant, elle avait réalisé qu'il n'y avait pas de mèche. Ça lui trottait dans la tête. Balthazar réfléchit. De son côté aussi. Qu'avait-t-elle pu découvrir ?

En franchissant une allée grillagée située en bord de Seine, Eva Monet savait qu'elle devait en avoir le cœur net. Les seconds résultats de toxicologie tout juste envoyés par le laboratoire devaient être approfondis et elle avait besoin d'un sacré coup d'éclairage. Elle savait où le trouver et chez qui. Deux par deux, elle gravit les marches des escaliers ornés de colonnes blanches qui décorent l'imposante façade en briques rouges de l'Institut Médico Légal, communément appelé IML et poussa la porte de fer forgé. L'IML se trouvait en bord de Seine, entre deux bretelles de la voie rapide. Un drôle d'endroit pour finir sa vie. Le contact est froid, comme pourrait le présager cet établissement, surnommé la maison des morts. À peine arrivée dans l'entrée, Eva Monet fut accueillie par d'illustres bustes moustachus surplombant un carrelage du début du siècle gris, jaune, noir et blanc. Même couleur que son foulard ! Se dit la commissaire qui demanda à parler au réceptionniste tout en montrant sa carte de police.

— Docteur Van Cong Tri s'il vous plaît, commissaire Eva Monet. C'est pour le dossier du Ministre et de l'inconnu de la Bastille.

Arriva un homme d'origine vietnamienne, les épaules étroites, mais le sourire large. Il invita Eva Monet à le suivre dans une pièce qui donnait sur un petit jardin. Une salle d'autopsie tout juste nettoyée. Il s'écarta pour la laisser passer en premier. L'odeur de javel à haute dose lui piqua aussitôt les yeux.

— Pardonnez-moi, mais il y a des points que je souhaite éclaircir avec vous.

— Vous n'avez pas besoin de m'expliquer, je vous attendais. Moi aussi, cela m'a surpris.

Il sourit encore, ce qui agaça quelque peu Eva Monet.

— Ils sont morts de quoi au juste ?

— Dans l'ordre chronologique. En premier l'homme de la Bastille... Il a été assommé. Puis une première injection.

— À la dioxine ?

— Non, à la strychnine.

Eva Monet avait lu quelques livres sur les empoisonneurs et leurs méthodes. Elle se souvenait vaguement que le poison était un alcaloïde extrait de la noix vomique. Ce qui l'avait fait sourire à l'époque, c'était qu'il s'agissait aussi à très faible dose d'un médicament homéopathique vendu en pharmacie : le Nux Vomica, pour ses propriétés stimulantes. À la fin de la guerre, Adolph Hitler recevait jusqu'à six piqûres par jour pour se maintenir face aux attaques des Soviétiques. Elle se rappelait aussi qu'une mort à la strychnine provoquait une couleur sombre sur le cou et le visage. Mais une information lui manquait.

— En combien de temps meurt-on ?

— Cela dépend de la dose, mais entre 10 et 30 minutes. Le médecin était calme et posé.

— Il aurait eu le temps d'être sauvé ?

— Exactement, mais ne l'oubliez pas, il a été assommé, donc inconscient. Il a dû se réveiller juste au moment où le corps fut saisi par de fortes convulsions, mais trop tard. Il est mort par asphyxie très rapidement et ses fortes convulsions ont dû le faire glisser dans le canal.

— Ce qui explique qu'on a cru à une noyade.

— En effet.

— Selon le rapport du Ministre, même mode opératoire ?

— Mais lui, n'a pas été assommé. Le docteur tourna la page d'un second document. Non, juste endormi avec du somnifère. Mais lui aussi a été réveillé par des spasmes musculaires au bout de vingt minutes. Cela a dû commencer par le cou, la poitrine, et pour finir, s'étendre sur tout le corps. Et enfin l'arrêt cardiaque.

C'est à ce moment qu'il a dû renverser sa tasse en voulant décrocher son téléphone, pensa Eva Monet.

Cette fameuse tasse qui devait encore contenir des traces de somnifère.

— Et la dioxine dans tout cela ? Pourquoi ?

— C'est aussi un grand mystère : des traces, une injection, mais ce n'est en aucun cas l'origine de la mort. La dioxine n'agit que lentement, un empoisonnement déclenchant des chloracnés. Rappelez-vous la catastrophe d'une usine chimique à Seveso en Italie et la tentative d'empoisonnement de Victor Louchtchenko, Premier Ministre ukrainien. C'était de la dioxine.

Eva se souvenait surtout de la dioxine utilisée par l'armée américaine durant la guerre au Vietnam : un défoliant balancé sur les terres, surnommé l'agent orange. Mais elle n'osa pas en parler devant le légiste. Un homme d'un certain âge en blouse blanche entra en poussant un chariot transportant un cadavre. Eva détourna le visage lorsque le collègue souleva le drap et réalisa que dehors le soleil se couchait. Le docteur reprit :

— Non, ce qui m'inquiète dans votre histoire, c'est que votre meurtrier se prend pour un génie en chimie et qu'il n'est qu'au début de ses expériences. Somnifère, strychnine, puis dioxine... J'attends la confirmation d'un prélèvement et vous contacte dès les résultats.

Eva Monet avait les mâchoires crispées, une froide intuition lui serrait le plexus. Devait-elle en parler à Laurens ?

**********

Ma journée avait été très calme et le dernier coup de 18 heures sonnait. Je sentais que la mort du Commandant soudait les hommes, et qu'ils avaient du mal à se séparer. Nathan Monroe, apathique depuis qu'il avait découvert le cadavre de son chef, se confiait à demi-mot. C'est Bourdieu qui lui avait tout appris. Il le considérait comme un père. Il m'avouait qu'en plus de l'appétit, il avait perdu le sommeil. Heureusement qu'il avait des tranquillisants. Mais je le sentais tout même au bout du rouleau.

— Monroe, et si vous preniez quelques jours, histoire d'aller respirer d'un peu plus près l'air de votre chère Bretagne ?

Monroe me regarda comme si je venais de l'insulter. Je lui fis une tape sur l'épaule et décidai de le laisser sans ajouter un mot, évitant la foudre. D'un pas décidé, j'ouvris la porte sur le côté du ponton pour rejoindre le reste de l'équipe de jour dans la cuisine. On n'y entrait pas sans l'autorisation du brigadier Télézio, qui en avait fait son territoire. Il aimait préparer des petits plats maisons, souvent italiens, un régal pour tous. C'étaient les recettes de sa « Mamma » ! Mais il ne cessait de pester contre le matériel et contre l'eau de la Seine dont il mettait en doute la pureté malgré le recyclage. Ça sentait souvent très bon par-là, et Némo n'était jamais très loin. Aujourd'hui, nous avions tous eu la même idée : avaler les restes du gratin de pommes de terre avant de réintégrer nos tanières de célibataires. Lionel Bastiani qui entra dans la cuisine le dernier pour se servir une part, nous surpris, Michaël Salomon, Paolo Télézio et moi-même dans une discussion sur la meilleure façon de placer nos maigres primes.

— Parce que ce n'est pas avec la retraite qu'on va toucher dans 20 ans que je vais me payer ma villa avec piscine... Balança Télézio.

Michaël Salomon préférait mettre son argent en bourse. Télézio s'empressa de lui rappeler qu'il y avait à peu près un krach boursier tous les 5 – 6 ans et que les marchés étaient instables. Michaël

57

répliqua qu'il y avait une vérité qui ne changeait jamais : ce qui était rare était cher. Salomon aimait la flambe, même pour ses placements. Avec la croissance asiatique et indienne, le prix des matières premières s'envolait, et ne retomberait jamais. Au contraire : chaque crise verrait toutes les autres valeurs s'écrouler et les matières premières encore augmenter. C'était pour lui un placement sûr, et ...

— Plus rentable que les placements de bas de laine et de livret que vous avez vous autres. Bande de papys !

En entendant cela, Bastiani eut une illumination.

— Ça y est, mais bien sûr ! On est vraiment des cons. Ben oui, les types du pont sont des voleurs d'acier et de cuivre. Leur prix a tellement augmenté que ça devient super rentable d'en faire un trafic. Il suffit de se baisser et de ramasser les poutres sur les chantiers le long de la Seine. Avec tous les travaux à Boulogne et à Gennevilliers, c'est un vrai self-service ! Regardez sur les voies du TGV, des parties entières de bronze ou d'aluminium sont piquées sur les caténaires.

Télézio et Salomon le regardèrent sans comprendre. Je devais avouer que j'attendais aussi la suite. Cinglant, il nous rappela que les voleurs avaient rejeté le bois dans la Seine pour ne garder que l'acier. C'étaient donc des trafiquants d'acier : une matière première de plus en plus chère. Mon téléphone vibra. Eva Monet avait tenté de me joindre cinq fois. Je m'apprêtais à la rappeler lorsque Salomon rebondit immédiatement : les poutrelles en acier étaient impossibles à revendre telles quelles. Les trafiquants devaient travailler avec une fonderie pour transformer le métal. Il fallait donc rechercher une fonderie en bordure de Seine. Je décidai immédiatement de faire appeler la Préfecture. La surveillance des stocks d'acier dans la région parisienne serait une bonne chose. Christian, le secrétaire, fut chargé de la corvée. Celui-ci, sur le départ, me fit sentir qu'il s'en serait bien passé. De mon côté, je vis qu'Eva Monet avait tenté encore de me joindre. Avant de la rappeler, je demandai à Bastiani de m'aider à chercher la fonderie.

Derrière ma fenêtre ouverte, je tentais de rappeler Eva. La sonnerie retentit plusieurs fois. Cela me permit de suivre une scène des plus cocasses. Je ne fus pas étonné de voir Bastiani chopper la première personne qui passait pour lui refiler le bébé. En l'occurrence : Marie Dos Santos. Mais il tomba sur un os. Elle lui demanda pourquoi elle devait se renseigner sur les fonderies. Il lui répondit que cela ne la regardait pas, et s'en alla. Piquée au vif, elle le rattrapa et lui hurla dessus. Tout le ponton fut témoin de cet esclandre. Elle était peut-être blonde, mais elle n'était pas stupide ! Elle ne discutait pas les ordres, mais considérait qu'elle avait le droit de savoir dans quel but elle travaillait. Et il se trouvait justement qu'elle avait trouvé un écrou en cire qui selon Balthazar était très probablement un modèle pour un moule de fonderie, et que si *par hasard,* on recherchait des gens qui fondaient du métal, on pouvait peut-être commencer par aller sur un certain bateau qu'elle connaissait plutôt que de se taper tout le bottin ! Pour la première fois de sa vie, et peut-être de sa carrière, Lionel Bastiani restait sans voix. Nathan Monroe sortit du bureau du capitaine.

— Un écrou en cire ? Mais on a retrouvé de la cire sur le corps du Commandant !

Je décidai de raccrocher. J'appellerai la commissaire dans quelques minutes. Il me fallait en premier lieux recueillir toutes les informations. Je me rapprochai des gars.

— Dire qu'ils étaient à 500 mètres en aval du

chantier... Fulminait Bastiani. Nathan Monroe demanda à Marie Des Santos le nom du bateau, la « Traviata ». Cela sonnait comme un air d'espoir. Mais non, le bateau ne transportait rien. Nous supposions qu'ils eurent tout le temps de transborder la cargaison sur un autre bateau et qu'ils avaient d'ailleurs fini par rejeter le bois qui les encombrait. Mais si la « Traviata » était encore là, c'était peut-être qu'ils préparaient un autre coup. Il avait beau être près de 22 h, personne ne pensait à aller se coucher. Tout le monde se précipita vers le pont de Bir-Hakeim, où la « Traviata » avait été vue pour la dernière fois. Le pont était encore enveloppé par les bâches et les échafaudages d'une entreprise de BTP.

Seuls Marie Des Santos et Michaël Salomon restèrent sur le ponton pour assurer la permanence. Après la sortie de la jolie blonde, il ne savait pas si c'était de la chance de rester avec elle ou si au contraire, elle allait passer sa colère sur lui ?

De notre côté, la « Traviata » n'était plus là. Il ne restait sur le quai que quelques poubelles et des canettes de bières vides. Je m'empressai de mener une rapide enquête auprès d'un voisinage en pyjama qui se préparait à passer une nuit paisible. J'appris que le bateau était parti, il y a à peine une heure, en remontant le courant, et qu'ils avaient passé la nuit d'avant à « foutre le bordel. »

— On aurait dit les tambours du Bronx ou je ne sais quoi ! dit un voisin, qui visiblement était encore très en colère.

À bord des Zodiacs, nous nous précipitâmes pour rattraper la Traviata, bloquée à l'écluse du « Port à l'Anglais » prés de Joinville qui n'ouvrait qu'à six heures du mat. J'ordonnai à l'éclusier de ne rien faire et de ne surtout pas ouvrir l'écluse malgré l'important bakchich qui avait dû lui être proposé. Il devait dire au capitaine de la Traviata, qu'ils avaient un problème mécanique et que l'écluse ne pouvait s'ouvrir à fond. C'était l'histoire de quelques heures ... Nous arrivâmes quelques minutes après, et déjà, je sommai les mariniers de se montrer et de venir sur le pont du bateau. Pas de réponse. Télézio, Bastiani et moi-même, avons grimpé sur le plat-bord en nous accrochant aux parts battages. Nous vîmes les mariniers détaler comme des rats, en sautant sur leur annexe à moteur. Ils nous échappaient ! Mais pas pour longtemps. Ce fut le début d'une course-poursuite sur l'eau. Notre moteur de 225 CV nous propulsa à leur hauteur, lorsqu'un coup de feu retentit.

— Tous à plat ventre !

Nous nous sommes couchés au fond du Zodiac. Je pris mon arme pour tirer 3 coups. Les deux bateaux se faufilaient à toute vitesse sur l'eau sombre de la Seine. Il faisait encore nuit, et dans les maisons des bords du fleuve, tout le monde dormait. Télézio était vraiment un as de la conduite. Il maniait le Zodiac comme un offshore de compétition. Ses entraînements portaient leurs fruits. On voyait sur son visage à la fois la concentration et le plaisir à conduire le bolide. Il fit faire une volte-face au bateau ce qui nous plaça face aux mariniers et à leur embarcation. Plusieurs coups de feu furent tirés, sans atteindre leur but. Télézio connaissait les moindres coins de la berge. Il coinça leur bateau contre une barge pleine de sable qui attendait son tour pour passer l'écluse. À ce moment-là, à notre surprise, aucun autre coup de feu ne fut tiré. La partie semblait gagnée. Les malfrats furent appréhendés sans résistance. Au moment de ramener les trois hommes sur la berge, l'un d'eux se jeta à l'eau. Il ne fit que quelques mètres, car le courant le ramena vers notre bateau. Bastiani lui donna un coup de pagaie, histoire de le calmer. Cette brève fusillade avait fait des dégâts sur les boudins. Quelques réparations sur notre Zodiac seraient nécessaires dès notre retour à la base. On se regardait tous, histoire de se conforter et de voir que personne n'avait été blessé. Après cette séance d'action et de frissons, j'étais curieux de visiter la cale du bateau. Bastiani avait vu juste, elle était pleine de grandes pièces métalliques de toutes sortes : poutrelles, équerres, barres de soutènement, rivets, etc. On interrogea les bandits : d'où venait ce métal ? Qui l'avait commandé ? Où étaient les factures ? Leurs réponses furent incompréhensibles : ils n'étaient pas français. Peut-être d'Europe de l'Est ? Il faudrait attendre l'interprète un peu plus tard dans la journée... Sans trop fouiller, on trouva un gant de chantier solitaire, avec des traces de cire dessus. Nathan Monroe contint sa rage et prit sur lui. Il monta sur le pont, suivi par Nadia Menna. Je la vis poser sa main sur son épaule et y appuyer délicatement son menton dessus. Elle se détacha brusquement quand ils entendirent les autres arriver. Cinq heures du matin. J'imaginais André Letort, encore ensommeillé, prendre le premier métro pour se rendre au boulot. De mon côté, je rêvais de m'enrouler confortablement sous la couette et sentir la chape de plomb m'emporter dans un sommeil profond. Ce fut autre chose qui me tomba dessus. En deux mots : Eva Monet.

— Capitaine Laurens.

Et nous y voilà ! me dis-je en levant les yeux au ciel.

— Vous ne respectez décidément rien. Je vous ai appelé toute la nuit. Mes batteries sont même HS. Je ne peux pas vous faire confiance, si je ne peux pas vous joindre...

— Mais bonjour à vous aussi Commissaire Monet. Comme vous pouvez le constater, nous avons décidé de faire une balade sur la Seine en pleine nuit avec des amis...

— Ne jouez pas au plus malin Laurens. Alors c'est quoi cette fusillade. Vous auriez pu blesser des riverains avec vos conneries.

— Bien-sûr, ça va être de notre faute maintenant. Tenez, c'est pour vous ! Je lui fis un signe du menton pour lui montrer les trois fuyards.

Eva Monet et son équipe de la PJ prirent les malfrats pour les emmener dans les voitures garées sur la route en haut de la berge. Elle poursuivit, mais déjà, j'étais dans un scaphandrier imaginaire n'entendant plus ses paroles. Je l'observais, s'agiter, me menacer du doigt, se tendre. Elle aurait été un chien, qu'elle m'aurait sauté à la gorge. Je pouvais voir toutes ses veines bleues ressortir sur son visage, sa fureur était vive, ce qui m'excita un peu. Je l'imaginais soudain pendant un orgasme. À quoi ressemblerait-elle ? Aurait-elle ses petites veines gonflées ? Serait-elle du genre bruyante, modérée ou silencieuse ? J'optais pour modéré, l'imaginant toute en sensualité. Une jeune panthère échappant des petits cris. Animal. Comme à cet instant.

— Laurens, vous m'entendez ! Oh, je vous parle !

— Commissaire Eva Monet, mais oui, je suis avec vous.

J'aurai adoré être avec elle. Mais pour l'heure, il fallait gérer cette crise.

— Je comprends que vous n'ayez pas apprécié que nous menions l'enquête en solo. Je n'ai aucune excuse, sauf d'être honnête avec vous. Si j'avais vraiment été honnête avec elle, je l'aurais fait taire d'un baiser. Elle dût sentir quelque chose, car elle se tut, m'auscultant avec ses yeux de braise. Elle devait se demander si je n'étais pas en train de me foutre de sa gueule.

— Vous êtes souffrant Capitaine ?

À ce moment, parce que nous étions dans ce face-à-face observés par nos équipes, un des malfrats en profita pour se débarrasser de son portable en le jetant à l'eau. Nadia Aït Menna rapide plongea aussitôt pour le récupérer. En remontant à bord, encore ruisselante, elle balança son coude dans le foie du malfrat en espérant que le téléphone ne fut pas trop détérioré par l'eau. Il fallait tenter le coup et ne pas perdre une seule seconde.

— Fais péter ton code !

— 4.7.3.9, dit-il dans un Anglais approximatif.

En silence, nous la regardions faire, quelle efficacité. Eva Monet, quant à elle, resta bouche bée devant la technique de Nadia.

— C'est ainsi que vous procédez à la Fluviale pour soutirer des renseignements ?

— Efficace non ? Pourquoi ? Vous ne faites pas la même chose ? répliquai-je.

Pendant ce temps-là, Nadia Ait Menna fouilla dans les menus, pour s'arrêter net. Son visage s'assombrit.

— Tenez mon Capitaine.

J'activai une vidéo. Tout le monde s'approcha de moi, je sentis un nuage m'entourer, la tension émaner de tous. Le film était clair et sans équivoque. Nous assistions en direct au meurtre du Commandant Bourdieu. Tout y était, les coups, les cris de douleur et c'est au moment où il se faisait battre à mort sous les rires des malfrats que Nathan

Monroe péta un câble. Je le vis se jeter sur l'homme du portable et le prendre par le col. Mon réflexe fut de le retenir avec l'aide de Bastiani. Mais il parvint à nous échapper et mis un coup de boule foireux au trafiquant, non sans s'esquinter et saigner du nez. Il se dégagea brutalement, s'écarta des autres et alla s'asseoir sur un bollard. Il regarda le soleil en train de se lever. Eva Monnet tendit un mouchoir en papier au type en me fusillant du regard. Je sais, je sais, ce n'était pas comme cela que la police devait procéder. Mais il fallait se mettre cinq minutes à notre place. Tout ceci faisait très « good cop, bad cop, » des séries américaines. Dehors, les ponts renvoyaient des reflets rouges et aveuglants. Soudain, Nathan Monroe comprit tout: les pièces métalliques venaient du pont de Bir Hakeim, sur lequel passait la ligne de métro n°6. Il se précipita pour expliquer ça aux autres : le vol de poutrelles d'acier avait pu se faire à l'abri des regards, car le pont était protégé par des bâches. Les travaux étant finis, la ligne était désormais ouverte au public avec trois jours d'avance. Ce que n'avaient pas anticipé les voleurs de métaux. En d'autres termes, le pont risquait de s'écrouler au passage du premier métro. Il regarda sa montre et fit la grimace. Il ne restait que très peu de temps. Cette fois-ci, j'imaginais avec inquiétude André Letort lisant son journal tandis que le métro se remplissait petit à petit.

En vérité, dans sa rame, André Letort se faisait bousculer par une jeune femme qui avait du mal à manœuvrer sa poussette. Il l'aida, bien entendu. Sans perdre la moindre seconde, nous sautâmes dans le Zodiac et avec Nadia comme pilote, le bateau fila sur l'eau à grande vitesse. Les sirènes et les phares allumés donnaient un aspect fantastique au bateau. Nous fûmes en moins de quelques minutes en visuel du pont. Elle savait foncer, la petite. De mon côté, je tentai de joindre la Fluve pour qu'ils trouvent le numéro de la RATP. Personne ne répondait. Quelle heure était-il ? 7h10. Christian avait encore du retard. Sur le ponton de la Fluve, à l'extérieur, Michaël Salomon faisait son numéro devant Marie De Santos, qui en avait vu bien d'autres.

— Tu entends ? Demanda Marie De Santos.

— Quoi donc ? Ton joli accent ?

— Non, le téléphone.

— Laisse sonner... Si c'est grave, ils rappelleront... Et puis il y a Christian.

Nous atteignions Evry et j'insistai en rappelant la Fluve.

— Allez bon sang, répondez les gars !

La sonnerie retentit avec insistance.

— Alors c'est grave, répondit Marie De Santos qui se leva pour décrocher le combiné mais Michaël Salomon la retint. Marie, choquée par le procédé, le repoussa. Il s'excusa, il ne savait pas ce qui lui avait pris et il finit par décrocher le téléphone. Je hurlai à l'autre bout.

— Putain qu'est-ce que vous foutez là ! Il faut appeler la RATP pour qu'ils coupent la ligne 6 immédiatement ! Avec le bruit du moteur du zodiac, Michaël n'entendait pas très bien, et me fit répéter plusieurs fois. Une fois l'information transmise, il eut un mal de chien à faire fonctionner l'ordinateur, tout était trop lent. Il ne trouvait pas le numéro du PC de commandement de la RATP... Finalement, Marie de Santos le trouva avec son IPhone. Ils appelèrent. Ça sonna pendant une éternité, puis ça décrocha, et ils tombèrent sur une petite musique d'attente. De l'autre côté, au bureau de la RATP, l'homme de la sécurité était au téléphone. Les anti-pubs avaient encore frappé : ils avaient tagué des dizaines d'affiches cette nuit. Il fallait recouvrir les tags au plus vite... Il tomba d'accord avec son interlocuteur, raccrocha. Le téléphone sonna, il décrocha, c'était Michaël Salomon.

Nos Zodiacs arrivaient en vue du pont de Bir-Hakeim. Je pouvais voir à l'extérieur des parties du pont qui vibraient bizarrement. Des pièces métalliques mal serties se détachaient. On aperçut alors avec effroi qu'il manquait des morceaux entiers de la structure. Le pont vibra de plus belle. Au loin, le métro s'arrêta à une station. Je vis des gens entrer et le convoi repartir. André Letort à l'intérieur devait lire la rubrique rugby de l'Equipe et je commençai sérieusement à paniquer.

— Bordel, on va à la cata !

On vit sur les voies, à deux cents mètres du pont, le métro qui arrivait et qui freina brusquement. À l'intérieur des wagons, tout le monde se tomba dessus. La rame ralentit, ralentit... La locomotive de tête s'avança de quelques mètres sur le pont... Et tout s'immobilisa. Je pris mon portable pour composer le numéro d'André Letort. Ce dernier décrocha et me dit tout bas que le métro venait de s'arrêter avant le pont de Bir Hakem.

— Hè, ce n'est pas de ma faute si j'arrive en retard.

Je le laissai parler, et lui dit qu'on l'attendait sur les quais en bas du pont. Le métro n'était pas près de repartir. Au loin, les passagers commençaient à sortir des rames et à longer la voie en râlant.

# 4

Cette fois-ci c'était bien réel. J'étais dans mon lit, et je tombai comme une masse.

Eva Monet n'était pas seule dans son appartement près de Montmartre dans XVIII ème arrondissement. Elle habitait sous les toits. Son appartement était à son image : il n'était pas grand, mais avait beaucoup de charme. Elle avait une vue imprenable sur Paris. Eva Monet croisait les documents, relisait les rapports avec frénésie sous le regard d'Arnaud Blanchard qui l'observait. Elle croisa son regard et se leva dans un soupir. Il sourit, car il comprit. Sans doute l'habitude... A son tour il se redressa.

— Il vaut mieux que tu partes, dit elle.

Sur le pas de la porte, Eva posa un baiser sur les lèvres de son adjoint.

— Je te retrouve demain pour le petit-déj ?

— Je ne sais pas si je vais pouvoir, dit-elle en regardant un SMS sur son portable.

Elle fut aussitôt traversée par une information qui paraissait dramatique. Elle avait déjà refermé la porte alors que Blanchard descendait l'escalier à toute vitesse. Il devait repasser chez lui. La main sur la poignée, il se disait qu'il en avait assez de partir au beau milieu de la nuit comme un étudiant. Cette situation avec Éva était à la fois excitante et frustrante. Mais surtout frustrante ! Sur l'écran de son portable, Eva Monet reconnut le sigle de l'IML sur l'en-tête du courrier électronique qui lui avait été envoyé. Elle lut en diagonale le rapport anatomique avec les détails des altérations structurelles du corps humain et de l'examen clinique avec ses échantillons prélevés sur le corps qu'elle avait déjà reçu. Mais là, elle ralentit sa lecture, il s'agissait du retour du Docteur Van Cong Tri qui s'était appliqué à travailler particulièrement sur l'échantillon d'un fluide corporel contenu dans l'estomac. Le temps de procéder à un filtrage, le test de confirmation était clair. C'était bien la preuve de sa présence. Il semblait bien que le Docteur Von Cong Tri avait eu la bonne intuition. Eva Monet tressaillit avant de contacter ses supérieurs. Même si elle les réveillait au milieu de la nuit et qu'ils allaient être de mauvaise humeur, il fallait le faire.

— Monsieur... Oui, je sais... Mais je crois que nous avons affaire à une menace terroriste.

À l'autre bout du fil, le silence devint lourd. Les évènements s'enchaînèrent très vite.

03H 30 – Dans un bureau de la Cellule de crise, Eva, devant la stupeur de tous, expliqua la situation. Concernant la mort du Ministre de l'écologie, l'empoisonnement à la strychnine était confirmé. Pour le second cadavre retrouvé dans les égouts de Paris, la cause du décès était identique au premier meurtre, sans la décapitation et le démembrement. Il y avait un dénominateur commun entre les deux crimes. Éva semblait sûre d'elle. Mais un nouvel élément apparut : il y avait sur l'homme de la bastille des traces de Clostridium Botulinum, une bactérie responsable du botulisme. Autour de la table, les visages étaient graves. Il y avait différents types de toxine botulique. On était loin du Botox des starlettes ou de la boîte de conserve périmée. On parlait ici de la souche provenant d'un groupe mortel, Type H : le poison le plus puissant ; 40 millions de fois plus fort que le cyanure, et sans remède à ce jour. Comme le craignait le Docteur Von Cong Tri, l'auteur de ces deux meurtres jouait avec les poisons et son dénominateur commun : l'eau. Elle leur fit part de ses craintes : une épidémie criminelle menacerait l'eau potable de Paris.

04H15- Le Ministre de l'Intérieur fut réveillé.

04H59- Retour à la cellule de crise, il fallait trouver l'origine de la menace. Etaient-ce des intégristes musulmans, des terroristes politiques, des Altermondialistes ? Et pourquoi l'eau ? Parce qu'au-delà d'être le témoin silencieux des deux scènes de crime, elle est aussi et surtout la cible, avança Eva Monet. Avait-elle des preuves ? Non, mais elle allait contacter les meilleurs laboratoires pour pister ces criminels et surtout les arrêter. Et pour éviter le pire, il fallait au plus vite analyser tous les échantillons d'eau qui avaient été prélevés et qui devraient parler. On pouvait penser qu'elle était devenue folle, qu'elle gonflait son importance, mais le risque n'était pas à prendre. C'était quand même une alerte à l'attentat à l'empoisonnement de Paris par l'eau : plus de 2,5 millions de personnes étaient concernées. Cela pouvait aussi créer une panique sans précédent. Ces quelques phrases avaient réveillé toute l'assemblée autour de la table.

05H23- Elle mesurait 1 mètre 74 avec de longues jambes fuselées sous une jupe à pince, la silhouette fine, le ventre plat et une timide poitrine sous sa chemise de flanelle gris perle. Elle avait les cheveux longs et dorés et les yeux verts, le parfait cliché de la blonde vénitienne, avec une seule différence, une peau halée aux pommettes d'un teint rosé qui laissait à penser qu'elle avait une parfaite santé. Elle allait avoir 40 ans et était fière de son parcours professionnel. Elle appréciait toujours en franchissant les portes de l'Elysée les formules de politesse : Bonjour Madame Sacha Boyer, Belle journée, et autres amabilités. Conseillère du Ministre de l'Intérieur, en ce petit matin, elle n'avait rien entendu. L'Élysée était encore désert lorsqu'elle regagna la cellule de crise au premier étage. Après un débriefing de la situation, elle ne se dégonfla pas, alors qu'elle savait que sa proposition allait faire des vagues. Confrontée à cette menace, elle pensait avoir l'homme de la situation, et suggéra un nom, un seul : Adrien Laurens, son mari enfin ex-mari. Le Ministre s'étouffa puis brisa le silence. Tous savaient à qui ils allaient avoir à faire.

— En réalité, nous n'avons rien à perdre à essayer, poursuivit le Ministre d'un ton sceptique. De toute manière, avons-nous le choix ? Nous sommes au pied du mur. Le Ministre donna carte blanche à Sacha Boyer, souhaitant qu'elle puisse gérer l'homme mieux que le mari. La conseillère décrocha son téléphone tout en croisant le regard d'Eva Monet qui ne cachait pas son inquiétude.

*********

En pleine nuit, au milieu des glaciers d'Islande, un brise-glace des années 80, à l'arrêt, visait avec son projecteur un trou dans la glace. Dessous, dans les eaux noires, profondes et glacées, un homme en scaphandrier analysait les fonds sous-marins à l'aide d'une machine et procédait minutieusement à des prélèvements de morceaux de glace qu'il glissait dans un sac rempli de fioles. Soudain, une secousse le déstabilisa, ainsi que le bateau. À son bord, une femme et un autre homme paniquèrent, est-ce que Laurens est sain et sauf ? Laurens les rassura, mais ne vit pas un mur de glace se décrocher d'une paroi et s'effondrer sur lui. La connexion était coupée. Panique à bord, l'équipage se précipita à son secours. Soudain, sur la banquise, la barbe déjà gelée, Laurens grelottait tout en tenant à bout de bras les échantillons de glace. Ses collègues partirent à son secours avec des couvertures de survie. Sur le tableau de pilotage, le voyant du téléphone satellite clignotait. Au loin, sur les côtes de Normandie, un hélicoptère de l'armée française se dirigeait déjà vers le Nord.

**********

Lorsqu'Eva Monet vint sur le ponton en sortant de sa réunion, elle articula d'une petite voix que nous devions tous « travailler en étroite collaboration avec le ministère, la PJ et la Fluve ». Jusque-là, ça allait. D'ailleurs c'était au goût du jour avec la nouvelle réglementation qui permettait à la Fluviale de pouvoir désormais mener des enquêtes. Nous n'étions plus de simples pêcheurs de cadavres. Puis vint le chapelet de mots : « contacter le meilleur spécialiste de l'eau », « menace par l'eau », etc... Alors là, je compris.

— Non Monet, vous n'y pensez pas ! Pas lui ?

Eva Monet baissa les yeux tout en se gardant bien de répondre. Elle ne pouvait pas oublier le dérapage d'Adrien lors d'une enquête. Louis Laurens, jeune flic à la Fluviale, c'est à dire moi, avait conseillé à ses supérieurs la présence de son frère et ses « techniques scientifiques » sur une enquête. Adrien était arrivé en retard et éméché sur une scène de crime. La gueule en vrac, il ne sortit que quatre mots de sa bouche:

— Allez-vous faire foutre !

À l'époque, ses recherches patinaient et lui sentait que l'INSERM qui finançait ses recherches ne lui faisait plus confiance. Les crédits allaient être supprimés. Cela rendait Adrien nerveux et son penchant pour la déprime et l'alcool semblait avoir repris le dessus. Il foira l'enquête de A à Z. Cet épisode avait fait grand bruit à l'époque.

— On ira droit à la catastrophe, comme toujours avec lui et ne dites pas que je ne vous ai pas mis en garde. Sur ce, je partis, les laissant prendre leurs responsabilités. Après tout, c'était à eux de décider et ce sera à eux d'encaisser les conneries de mon frère.

Une alerte nous interrompit. Je partis enfiler ma combinaison pour plonger avec mon équipe. Mais mon enthousiasme s'arrêta net, lorsque je découvris que l'irritation avait atteint mon genou. Si cela montait jusqu'à la cuisse, j'irais consulter. En attendant, je devais cacher cela à mes collègues ; j'étais celui qui devait faire la 'transition' et m'assurer qu'il n'y ait pas de vague. Nous étions encore fragilisés par la perte du Commandant. Pour la petite anecdote, personne n'osait entrer dans son bureau. Pour ma part, jour après jour en passant devant, je pouvais remarquer que la poussière se posait un peu partout et plus particulièrement sur son fauteuil. La sirène persistante me rappela à l'ordre.

Des étudiants sautaient du pont en face de Notre-Dame. Le Zodiac parti, Lavialle, Télézio et moi-même fûmes en moins de trois minutes sur les lieux. Visiblement les étudiants étaient ivres morts et ne se rendaient pas compte du danger. Pour eux, c'était comme sauter dans une piscine. Mais le pont était haut et des péniches passaient dessous toutes les 5 minutes. Il était difficile de leur parler, car un attroupement de touristes faisait du bruit et encourageait les sauteurs pour faire des photos et des films avec leurs Smartphones. Je montai sur le pont tandis que le Zodiac bloqua les péniches des deux côtés des piliers. Il nous fallut plusieurs minutes de négociations pour venir à bout de ces cascadeurs amateurs de grosses sensations. Au départ, les jurons fusaient, pour laisser place à d'avantage de pondération, lorsqu'au dernier moment un des garçons sauta.

— Fuck you ! lança-t-il avant de faire un rond à la surface. Quelques secondes après, toujours rien, son corps restait sous l'eau. Télézio plongea immédiatement. Après quelques secondes d'apnée pour tous, il remonta quelques minutes en criant :

— On y voit que dalle !

Il replongea tout de suite et resta de longues minutes. Sur le pont, les touristes et les curieux ne faisaient plus de bruit. Tous regardaient la surface de l'eau et attendaient le retour du plongeur. Après une « éternité », les deux hommes apparurent à la surface. Télézio fit un signe du pouce pour nous indiquer que tout allait bien. Comme un seul homme, les dizaines de personnes sur le pont et sur les berges applaudirent. Télézio et Lavialle hissèrent le jeune homme à bord du Zodiac. Je descendis sur les marches du pont pour les rejoindre et une fois le Zodiac amarré à ma hauteur, nous transportâmes à terre le jeune homme. Sur le quai, une ambulance nous attendait. Une infirmière que je connaissais me salua avec un beau sourire et emmena l'étudiant dans son ambulance. Il n'en menait pas large, et si j'avais été son père... Le véhicule s'engagea dans la circulation de Paris avec le deux-tons, m'éloignant de ce petit merdeux.

\*\*\*\*\*\*\*\*\*\*

Ce ne fut qu'en rentrant dans le bureau de la Fluve qu'elle m'appela. Je reconnus sa voix.

— Tu seras là ?

— À ton avis ? répondis-je.

— Ne me laisse pas toute seule.

— Tu fais une grosse erreur. Il est ingérable et tu le sais aussi bien que moi.

— Je sais, mais il s'agit de la vie de milliers de personnes.

— Fais ce que tu veux, après tout !

— Louis...

Je préférais raccrocher maintenant, sa voix m'avait retourné l'estomac. C'était faire remonter à la surface des souvenirs que je ne souhaitais pas revoir. Mais trop tard, les images se bousculaient déjà.

Devant la porte, délimitant le salon de la terrasse, elle était là, de dos, sa chevelure dorée soulevée par une brise, flottait comme une douce caresse. Sa silhouette longiligne se dessinait sous une robe en mousseline légère. Elle se tourna. De profil, je pouvais voir sa bouche sensuelle. « Sacha ! » dis-je avec tendresse. Mais une sonnerie m'interrompit.

— Capitaine, Sacha Boyer sur la ligne 2.

— Dites que je suis absent.

J'espérais qu'elle allait comprendre. C'était à elle désormais d'assumer. De mon côté, je devais aussi gérer mon lot d'emmerdes et de responsabilités. On me proposait le poste de Bourdieu que je refusai après une longue hésitation. Trop tôt dans l'esprit de tous, pensais-je, et il me fallait du temps. Dommage entendis-je par mes supérieurs, et bien entendu, ils me tiendront au courant pour le remplacement qui aurait lieu sans doute après l'enterrement du Commandant Bourdieu. En fermant la porte derrière moi, je fus pris aussitôt par un sentiment de remords. Et si je laissais la place au diable ? Je frissonnai. Quel con.

**********

48H plus tard. Sur la piste d'atterrissage de Villacoublay, une voiture de police était stationnée. Adrien Laurens, bel homme barbu de quarante cinq ans, en doudoune polaire et sac à dos s'y engouffrait et découvrit les jambes fuselées de Sacha Boyer. Cette dernière le gifla. Étant sa femme et n'ayant plus de ses nouvelles depuis six ans, elle s'octroyait tous les droits. Adrien fulminait, ce n'était pas lui qui avait couché avec son frère.

— Frères jumeaux, précisa-t-elle.

— Cela a bien arrangé ta conscience ! Alors que me vaut ce bristol ? demanda-t-il calmement. Au passage, une invitation glacée ?

Sans pour autant se démonter, elle le sollicita pour collaborer sur cette enquête privilégiant une menace terroriste. Réalisant qu'il était en position de force, il finit par sourire et accepta à condition qu'il soit libre de poursuivre ses expériences sans être considéré à son tour comme un terroriste. Par ailleurs, il ajouta une condition supplémentaire : le ministère devra financer ses recherches et son laboratoire de Biologie numérique « Nano Waters » pour lui et son équipe. Sacha Boyer fit accepter le deal par ses supérieurs et lui tendit le contrat de divorce qu'il ne voulait toujours pas signer. La voiture les conduisit au cimetière. Laurens envoya aussitôt un SMS puis referma son portable d'un bruit sec tout en affichant un sourire conquérant. Sacha Boyer leva les yeux au ciel.

— Tu me feras le plaisir de tailler cette barbe ridicule !

— Si je veux, répliqua Adrien Laurens, savourant son nouveau pouvoir.

À l'enterrement du Commandant Bourdieu, dans un petit village proche de Fontainebleau, toute la brigade fluviale était là ainsi qu'Eva Monet et son équipe de la PJ. La cérémonie devait commencer sous peu, mais on attendait quelqu'un : le nouveau Commandant de la Fluviale, qui devait être présent pour rendre hommage à son prédécesseur.

Personne ne connaissait son identité, sauf moi, prévenu la veille. Je devais garder le secret pour je ne sais quelle raison. Un hélicoptère de la police apparut dans le ciel. Nerveux, je vérifiai mon uniforme, m'époussetai et m'avançai de quelques pas. L'hélicoptère atterrit dans le champ d'à côté. La porte s'ouvrit. Nathan blêmit.

— Oh non !

Nadia Aït Menna le regarda.

— Qu'est-ce qui ne va pas ? »

Il ne répondit rien, parlant juste pour lui-même. « Ç'est pas possible. Je rêve... ».

Une femme d'une cinquantaine d'années  en sortit en grande tenue. Elle jeta son cigare par terre, engueula sèchement le pilote pour son retard et avança d'un pas déterminé vers le lieu de la cérémonie. Je l'accueillis.

— Commandant !

Nathan Monroe, lui, n'eut qu'une phrase.

— C'est ma mère.

Mais la douche froide n'était pas que pour lui. Au loin, je reconnus sa silhouette s'avancer vers nous. Dès cet instant, je savais que les emmerdes allaient empirer.

# 5

Le distributeur orange de tickets modérateurs me tirait la langue à l'hôpital. J'étais arrivé un peu avant le début du service de jour. Les rayons du soleil qui traversaient timidement le hall rythmaient par leurs intensités progressives mon temps d'attente. Au bout d'une heure, la salle était plongée dans un blanc laiteux, on ne pouvait même plus distinguer le panneau : consultation – service de dermatologie. Lorsqu'un hurlement effrayant raisonna, une porte claqua, un homme en surgit.

— Salopard de docteur !

Il se prit un interne et son chariot dans les pattes et continua à lancer des insultes.

— Non je n'ai pas votre foutue malaria !

C'est alors que j'entendis un appel électronique.

— Numéro 231, guichet 3.

C'était le mien.

Le docteur G. Harouani gardait les yeux baissés sur ma plaie et tapotait autour de l'auréole rouge qui, légèrement gonflée, soulevait la peau. Nous sommes restés là un moment en silence à observer la crevasse qui se formait sur ma jambe.

— Je vais vous faire un prélèvement.

Il sortit une aiguille de son papier. Je ne sais plus s'il me le dit avant ou pendant ou après, mais je fermai les yeux au moment où il l'inséra sous la peau pour aller y chercher le pus.

— C'est vraisemblablement une réaction allergique. Le tout est de savoir à quoi ?

Avant de partir, je vérifiai bien que le pansement allait rester discret. Encore une fois, ce n'était pas le moment de montrer un signe de faiblesse. Je soulevai mon pantalon : « *Damned* ! », il était aussi blanc qu'un linceul. Si la Commandante voyait ça, j'étais mort. Je m'arrêtai à la pharmacie à l'angle du boulevard, achetai des pansements couleur chair, convaincu que cela ferait l'affaire. A peine mon orteil posé sur le ponton, Christian Hay, le secrétaire m'arrêta.

— Capitaine, un message d'Eva Monet.

Je saisis le bout de papier. Une invitation à l'institut médico-légal, suivi des reconstitutions. La journée allait être longue. J'arrivai à temps pour assister en silence à ce que j'appelais : « la séance du samedi soir ». Nous étions à l'institut médico-légal devant les deux corps ; celui du Ministre et celui du mystérieux homme de la Bastille. Il n'avait toujours pas été identifié. Adrien, mon frère était là, et physiquement, il n'avait pas changé, hormis sa barbe d'ours et ses tempes légèrement grisonnantes. Il était parti, il y a des années, chassé par le Ministère de la santé qui n'avait pas jugé utile de financer ses recherches sur la « Mémoire de l'eau ». C'était au Canada qu'il avait trouvé à la fois un labo digne de ce nom et des sponsors. Je ne l'avais donc pas vu depuis longtemps et nous n'avions plus aucun contact. La vie et ses conneries nous avaient éloigné l'un de l'autre... et aussi cette histoire. Nous étions très proches à l'époque, comme beaucoup de jumeaux ; mais de là à coucher avec la femme de son frère ! Oui, j'avais commis cet acte irréparable, oui j'étais coupable ! Et voilà que cette crise Ministérielle doublée d'un risque d'attentat terroriste nous obligeait aujourd'hui à travailler ensemble ; et pire que tout, avec Sacha, son ex-femme au milieu de nous.

Quelle ironie ! Après la lecture du rapport du médecin légiste aux effets soporifiques, mon frère bailla à quatre reprises. Il s'agissait à priori d'un empoisonnement à la strychnine. Mais en quoi la présence de mon frère était-elle indispensable ? Il y avait des spécialistes au ministère de la Santé et dans les hôpitaux de Paris. Pourquoi le faire revenir de l'autre bout du monde ? Il me fallait être patient avant de savoir. En attendant, une fois l'autorisation donnée, mon frère put enfin procéder à sa méthode d'investigation, sous nos yeux stupéfaits : prélèvements d'une larme, d'eau gelée sur les cheveux, dans les narines, les oreilles et ... sur les poils pubiens.

— Ça commence fort ! ironisa Eva Monet.

Mais ce n'était que le début, Adrien demanda à se rendre sur la scène de crime à l'Elysée. Une fois là-bas, la tension était palpable. Nous étions à la veille d'un changement ministériel. À côté du vigile, quatre immenses frigos ronronnaient pour remplacer la chambre froide interdite d'accès. La vie continuait. Sans plus attendre, Adrien attrapa le bonnet du vigile qu'il enfonça sur sa tête et se dirigea vers la chambre froide avec du matériel de prélèvement.

— C'est définitivement un illuminé ! ajouta Blanchard, l'adjoint de la Commissaire.

Adrien Laurens respirait profondément. La tension monta lorsqu'il demanda à ce que la porte soit fermée. Dans l'obscurité, il mit ses gants en latex et après une profonde respiration témoignant d'une hésitation, toucha délicatement la fine couche de gel recouvrant les parois du frigo, puis procéda à ses prélèvements qu'il ausculta aussitôt avec un microscope portatif de son invention. Il grimaça ce qui signifiait qu'il avait déjà quelque chose. En sortant, Adrien d'un large regard ratissa la pièce.

— Où se trouve la radio ? Nous devons suivre la piste de la radio, dit-il.

Nous nous regardions un peu surpris par cette annonce. Bernard Salan, le gendarme de sécurité avoua avoir regardé le match. Eva Monet haussa les épaules, tout le monde le savait. Laurens blagua avec ce dernier et le supplia de ne pas lui donner le résultat du match, ce qui fit exploser de rage Arnaud Blanchard. Je le vis radicalement changer de couleur. Il hurla qu'il serait temps qu'Adrien Laurens prenne cette affaire au sérieux. Qu'il n'était plus sur la glace avec ses amis pingouins ! Et qu'il devait sa place à Sacha Boyer qui nourrissait une relation amicale avec le conseiller du Ministre, précisa-t-il et lui rappela assez sèchement, qu'elle mettait sa carrière en danger pour lui. Adrien Laurens sourit.

— Est-ce que je me mêle de votre relation amoureuse avec Eva Monet ? finit-il par lâcher.

Là, un silence de plomb tomba. J'étais scotché. Quoi ! Eva Monet et ce blanc-bec de Blanchard ? Mon frère venait de marquer un point. Mais je n'en revenais pas sur Monet et Blanchard, j'étais déçu. Le tableau était comique et pathétique à la fois. Eva Monet regardait le plafond tandis que Blanchard ne pipait mot. Soudain apparut Sacha Boyer. Blanchard la salua d'une manière très familière. L'aurait-il aussi baisée?

Je ne pus m'empêcher de sourire à l'idée de ce qui allait se passer. Je connaissais mon frère. Nous n'étions qu'au début d'une longue série d'évènements bizarres. J'avais vu juste : n'appréciant guère le ton utilisé, mon frère réagit comme un ours jaloux et au final agressa sournoisement Blanchard.

— Laissez faire les professionnels mon vieux. Et je trouve qu'il y a trop de monde sur cette scène. Vous allez fausser les données... Allez oust, un peu d'air, merci !

— Vous êtes ici à titre de consultant. La police, c'est nous, je vous le rappelle.

— Ah, je vois qu'on a besoin de marquer son territoire...

— Messieurs, merci pour cette démonstration de testostérone. Si nous pouvions nous concentrer sur ce qui nous amène ici... calma Sacha Boyer.

— Déjà ! lança une jeune femme avec un charmant accent anglais, qui s'interposa entre les deux hommes, avant de se tourner vers Adrien. Ah ton fichu caractère !

J'en conclus que mon frère jumeau n'avait pas changé : présumant par-là, que où il allait, Adrien Laurens attirait les embrouilles. Miss Mary-Ann Clark, docteur en science naturelle, lui sourit avec sa large bouche rouge Chanel. Derrière elle apparaissait Pierre Joffrin, docteur en physique Chimie observant la scène du haut de son mètre 90. Adrien Laurens donna à Miss Clark le prélèvement de la larme et demanda à ce que la glace du frigo lui soit aussi confiée. Eva Monet croisa le regard bleu-gris de cette dernière arrivante. Son visage lui disait quelque chose. Idem du côté de Mary-Ann : elles s'étaient déjà rencontrées, mais impossible de se rappeler des circonstances. Je regardai mon frère et son équipe travailler sans échanger un mot, mais en toute décontraction. Mary-Ann ouvrait une mallette contenant un laboratoire en kit et un ordinateur. Une machine que je n'avais jamais vue auparavant.

Sans plus attendre, elle analysa les éléments de la larme dont les substances se transformèrent sur l'écran en une sorte de dessin ressemblant à une empreinte digitale, comme plusieurs courbes mathématiques. Toute l'équipe d'Eva Monet et moi-même la regardions faire quelque peu perplexes devant ses méthodes. L'ordinateur se mit à mouliner ...Une fois l'image stabilisée, elle activa une autre application où un mode de recherche se mit à calculer avec des algorithmes. Selon Mary-Ann, la larme de par ses caractéristiques, était un véritable coffre-fort d'émotions profondes et une fois analysée, elle préciserait les émotions vécues par la victime avant sa mort. Un bip de résultat résonna. Mary-Ann confirma que la victime appartenait à la catégorie des « effrayées » et selon le résultat de cette émotion mémorisée, cette personne avait vu son ou ses tueurs. Mais chose curieuse, une autre émotion apparaissait, une pointe de soulagement, ce qui était quelque peu inhabituel lorsque l'on était en face de la mort. Mary - Ann se réjouit de ce paradoxe. Cette larme irait rejoindre sa fameuse collection de larmes mortuaires. Nous restâmes tous suspendus par cette annonce. De quoi voulait-elle parler ?

L'équipe de mon frère était réunie au complet, il était temps de se rendre au bureau du Ministère de l'écologie. Cela faisait à peine une semaine que le Ministre avait été tué et rien n'avait bougé : des cadres photos de ses trophées de chasse, son veston sur la chaise et un magazine de pêche ouvert à la page 22. Mon frère resta sobre, il n'y avait rien de notable, sauf le magnifique bouquet de fleurs qui commençait à sécher et à embaumer d'une petite odeur de moisi quelque peu piquante. Nous surprenant encore, il fit faire un prélèvement de l'eau croupissante. Nous partîmes alors sur la seconde scène de crime, dans le circuit des conduits d'eau souterrains de Paris. Je choisis de prendre l'entrée sur les berges de la Seine, côté Bastille, ce qui nécessitait l'utilisation d'un Zodiac. Nous filions sur l'eau avec à bord Eva Monet, Sacha Boyer, mon frère et son équipe. J'entendis la voix de mon frère.

— J'avais oublié à quel point Paris est beau , lança-t-il tout en regardant Sacha Boyer droit dans les yeux. Je vis qu'elle fut gênée. Mais pourquoi avait-elle insisté pour venir ?

**********

La scène de crime était protégée depuis quelques jours. Pierre Joffrin, le collègue de mon frère récupéra un échantillon d'eau provenant d'une flaque et quelques échantillons de la condensation qui perlait au plafond. Il était temps d'aller analyser tout cela. Eva Monet se posait quelques minutes pour dresser une série d'hypothèses.

— Il est trop tôt pour une piste sérieuse, lui fit remarquer froidement mon frère.

Nous partîmes en cette fin de journée chacun de notre côté. J'étais rincé, mais pas de répit, car de retour à la Fluve, je n'allais pas être au bout de mes surprises non plus. Je vis à travers la vitre, le bureau de Bourdieu illuminer la passerelle alors que nous l'avions laissé dans le noir, le temps du deuil. Une paire de fesses me bouscula sur le ponton.

— Alors Laurens, on rêvasse comme une fillette ?

La Commandante Monroe s'engouffra dans le bureau et s'enfonça dans son fauteuil. Je m'attendais à un nuage de poussières l'auréolant, mais non, elle avait déjà fait son nid. Elle posa les pieds sur la table, juste à côté d'un cadre photo où figuraient deux bulldogs anglais.

— Venez, j'ai deux mots à vous dire.

Je sortis blême de cette petite entrevue. Elle venait de m'ordonner de faire une place sur le ponton pour notre nouvelle petite famille. Mon frère et son équipe allaient débarquer. Et puisque c'était mon affaire, autant assumer jusqu'au bout. De son côté, elle m'affirma droit dans les yeux qu'elle allait recadrer la « Fluve ». Elle trouvait qu'il y avait du laisser aller et qu'un bon tour de vis ne serait pas de trop.

Les giboulées de mars tombaient depuis l'après-midi, pour redoubler de violence en cette fin de journée. Je poussai les portes d'une salle de rangement. C'était tout ce que j'avais, bien que la salle de sport aurait été parfaite. Mais où mes gars auraient-ils pu se défouler ?

— Joli placard à balais ! lança Pierre Joffrin de sa voix de stentor.

Je préférai ne rien répondre et partis faire mon rapport. À travers la fenêtre du bureau, je pouvais voir la télévision allumée illuminer la pièce commune. À l'écran, une journaliste devant l'hôtel de l'Elysée devait être la-cent-unième à couvrir l'événement. Mais elle était plus mignonne que d'habitude, alors je la regardais, avant de me dire qu'il fallait vraiment rédiger ce foutu rapport. Et maintenant qu'Eva Monet m'avait tout révélé, il s'agissait de respecter la chronologie. Je commençai... Lorsque mon portable sonna. Eva Monet, justement. Elle m'attendait. Un témoin des égouts allait parler. Je laissais derrière moi le rapport et cette fois-ci, ce n'était pas de ma faute.

Sur place, Éva était avec deux jeunes qui avaient l'air un peu azimutés. On avait l'habitude de ces garçons qui faisaient du skate sur les bords de la Seine le soir. Ils étaient très souvent en bande, avec de la bière et de la musique. Tous les deux étaient habillés avec les codes : un petit bonnet, des pantalons trop larges et trop longs avec des baskets montantes. Ils ne semblaient pas à l'aise, mais pas par peur d'avoir un truc à se reprocher, non, simplement parce que la police ce n'était pas leur truc.

On finit par comprendre qu'ils étaient en train de faire un tag sur une balustrade de chantier lors des faits. Mais ils n'avaient pas vu grand chose. Cependant l'un d'eux affirma avoir aperçu une femme quitter les lieux au volant d'une voiture sombre. Eva Monet demanda dans quelle mesure il avait pu voir cela, puisqu'il faisait nuit et qu'ils étaient dans les égouts. Il précisa qu'il y avait de la lumière, des étincelles que faisaient des câbles dans l'eau la nuit, il avait trouvé ça « cool ». C'étaient un peu comme un feu d'artifice. Cette lumière était si puissante qu'elle avait même éclairé le parking d'où s'échappait la voiture.

— Tu as des photos ?

Il hocha négativement. Eva et moi-même fûmes étonnés. C'était bien le seul jeune de sa génération à ne pas avoir pris de photos pour les mettre ensuite sur les réseaux sociaux. Pas de chance.

Eva Monet chargea Blanchard d'éplucher les films des caméras de surveillance, à la recherche d'une femme.

— Grande ou petite ? demanda-t-elle.

— Ben taille moyenne quoi.

— Cela m'aurait étonné, se dit Eva Monet, la recherche allait être longue.

De retour à la Fluve, je passai devant le « placard à balais ». Mary-Ann Clark et Pierre Joffrin étudiaient quelques prélèvements d'eau provenant de la flaque. De son côté, mon frère et ce que je surnommais ironiquement « sa mémoire de l'eau » détectait des vibrations sonores, des notes musicales, mais la mélodie restait confuse. Cela ressemblait à de la musique atonale, dans le style de la grande époque de Pierre Boulez. Une suite de notes qui semblent partir dans tous les sens. Comme si l'on essayait de dialoguer avec des aliens, comme dans le film de Steven Spielberg « À la Rencontre du Troisième Type ». Mary-Ann m'annonça que cette fois-ci, la victime appartenait à la catégorie des « surpris ». Cet homme aurait été tué par surprise. Vrai. Je me souvenais du rapport du médecin légiste et les informations se croisaient : l'homme ne s'était pas battu, il avait été surpris. Mais qui ne le serait pas face à la mort, me demandais-je. Laurens réclama le silence, selon le résultat d'une seconde analyse, encore des sons ! Décidément, la musique était omniprésente, en conclut-il.

Je fus interrompu par Nathan Monroe. Il rentrait d'une mission avec le reste de l'équipe. Tous semblaient sonnés et KO. Lui et Lavialle entrèrent dans mon bureau pour le débrief. Pendant ma visite avec les jeunes, ils avaient été appelés pour une intervention délicate sous le pont Alexandre III. Un voilier de plaisance anglais avait été écrasé par un bateau-mouche qui faisait demi-tour. Tout avait été très vite. Nathan et Lavialle avaient plongé tout de suite pour récupérer les passagers du voilier qui avaient sauté à l'eau pour ne pas être broyés par le bateau-mouche. Mais deux d'entre eux, coincés dans le bateau coulé, devaient être dégagés. Pendant l'intervention, il fallait aux plongeurs des bouteilles d'air en renfort au plus vite. Télézio qui était aussi présent, avait eu du mal à nager avec le sac les contenant. Il y eut un silence pendant lequel je levai les yeux au ciel : cela faisait des mois que nous devions travailler cela avec Télézio. Il devait s'améliorer dans deux des épreuves de natation, mais dans l'eau de la Seine et non pas en piscine. Au programme : nager 400 mètres avec le matériel sur le dos auquel s'ajoute le test avec le « masque noir » sur les yeux, occultant toute visibilité. Télézio avait la force physique, mais il perdait ses repères dès qu'il ne voyait plus devant lui. Cette épreuve du « masque noir » lui jouait des tours à chaque passage d'examen. Il le savait, mais repoussait à chaque fois les entraînements. Je lui avais proposé de le faire travailler à terre dans un premier temps avec un foulard sur les yeux, mais il trouvait ridicule de jouer à Colin-maillard à notre âge. Heureusement que Lavialle avait été là et qu'il avait eu les bons gestes, sinon un des garçons serait resté sous l'eau. Il fallait garder cette histoire pour nous. Inutile d'en faire part à la nouvelle Commandante. Sans jeu de mots, nous allions mettre de l'eau à son moulin. Il fallait que je convoque Télézio et vite, pour lui souffler dans les bronches et le forcer à faire ses exercices en piscine. Sa gonflette c'était bien, mais cela ne compensait pas son manque de technique sous l'eau. Je demandai à Lavialle et à Nathan Monroe de me donner leur rapport d'intervention, que je puisse le corriger discrètement. L'incident était clos, mais nous n'étions pas au bout des emmerdes.

Une fois dehors, sur le ponton, Nathan Monroe rompit le silence. Il fut direct, comme à son habitude.

— Pourquoi avez-vous dit non à votre nomination !?

Je compris enfin sa mauvaise humeur et lui répondis gentiment.

— Bourdieu était comme un père pour nous tous, vous me voyez le remplacer ?

— Mais là, c'est pire, c'est ma mère et vous ne la connaissez pas. Elle va être votre pire cauchemar ! Elle va prendre vos deux petites « prunes » et les tourner lentement sur elles-mêmes jusqu'à ce que vos yeux sortent de vos orbites. Doucement, sournoisement, mais sûrement.

— Rassurez-moi Monroe, vous avez consulté ? Ou c'est le chagrin qui vous aveugle ?

— Ne me prenez pas au sérieux et vous verrez? Elle va détruire la Fluve et ce sera de votre faute.

Je regardai les lumières des quais sur la Seine. Il y allait fort le petit Monroe, mais la vision de la photo des deux bulldogs sur le bureau de la Commandante me fit quand même tressaillir. Il revint à la charge.

— Elle a combien de mois d'essai ?

Je ne répondis pas, réalisant l'énorme erreur que j'avais peut-être commise.

— De toute manière ce sera toujours trop long, marmonna Monroe.

Nous arrivâmes sur le ponton central. Dos Santos passa devant nous en larmes. Letort aida à amarrer une autre équipe.

— Qu'est-ce qu'elle a la petite De Santos ?

— La Commandante lui a demandé de venir à la brigade en « officier » et non déguisée en Pamela Anderson et que c'était terminé la Brigade à Honolulu ou à Miami. J'sais plus, mais bonjour l'ambiance.

Visiblement ce n'était plus un bizutage, mais de l'acharnement. Nathan Monroe me regarda avec une expression de l'air de dire : vous voyez, j'avais raison !

— Elle commence à nous les briser menu, lança Bastiani comme aurait pu le dire Lino Ventura.

D'ailleurs, il y avait toujours un truc chez Bastiani qui me faisait penser à ces films de la grande époque, celle d'Audiard et compagnie. Je passai devant le bureau et entendit la Commandante :

— Laurens, votre rapport dans une heure ou sinon... Couic !

Je la vis faire le geste de l'égorgement. J'aurai pu sourire tellement c'était grotesque, mais préférai terminer ma journée sans faire de vagues. Une fois le rapport terminé, je l'imprimai puis le déposai sur le bureau de la Commandante et ce ne fut qu'après avoir rangé mon bureau, papiers froissés et crayons, que je pris la liberté de vérifier l'identité des nouveaux arrivants et m'amusai à dresser deux fiches.

Pierre Joffrin : trente-cinq ans - Docteur en physique et chimie. Métisse, sa mère était Martiniquaise et son père de Dijon, tous deux professeurs dans le lycée de Fort-de-France. Véritable génie, il était l'inventeur d'un dispositif audiovisuel et sonore reproduisant la mémoire de l'eau. Pour la faire courte, ce géant d'un mètre 90 pensait que les molécules d'eau parlaient par des ondes sonores, comme des vibrations. On pouvait donc l'enregistrer. La molécule était un émetteur d'ondes hertziennes, avec un système de résonance. Cette dernière se transformait en courbe, et comme une empreinte électromagnétique, ils obtiendraient soit une forme, soit un son, ou les deux à la fois. Cela m'intriguait fortement. Il était donc le spécialiste des ondes de l'eau et de son langage. Connaissant les travaux de Jacques Benveniste, l'eau était un mystère pour la science, mais visiblement pas pour lui. Il m'impressionnait, puis ce fût au tour de Mary-Ann Clark : vingt-neuf ans, Docteur en sciences naturelles et médecine : membre de l'académie de sciences naturelles à l'université de Londres, elle avait été technicienne des laboratoires de la police à Miami avant de rejoindre Laurens. Elle était excellente en chimie, microbiologie et balistique. J'avais noté que durant l'enquête, elle dégageait une impression de calme et d'assurance et savait prendre des décisions dans l'urgence. Femme de charme, j'avouai, sexy et de terrain, elle avait un contact facile avec les membres de mon équipe et c'était elle qui faisait visiblement « atterrir » ses petits camarades lorsqu'ils partaient trop loin dans leurs raisonnements et que nous, nous décrochions. Surtout les délires de mon frère. Quant à lui, qu'était-il devenu depuis six ans ? Il était mon aîné de trente minutes et quarante seconde, mais nous fûment tous deux des prématurés. Cela se passa lors d'un accident de voiture qui emporta nos parents. Une sortie de route stupide sur un chemin enneigé, la Citroën DS plongea dans un lac gelé. Par miracle nous survécûmes à plus de deux heures dans l'eau glacée. Je restai dans le placenta alors que lui se délivra par lui-même. Je souris à cette pensée, c'était tellement mon frère, autonome et précoce, car il ouvrit ses yeux avant moi. De mon côté, les services de maternité me réveillèrent après un coma de plusieurs jours. Depuis, je m'étais vite rendu compte qu'il était la force de la nature que rien ne pouvait ébranler, tandis que moi...

À la fin de ses études, Adrien s'interrogeait sur la mort de nos parents, surnommés « les Pierre et

Marie Curie de l'eau». Il avait décidé de reprendre leurs recherches scientifiques sur les pouvoirs de l'eau et plus tard rachètera leur laboratoire REW (Research Energy Water). C'est durant ses études qu'il rencontra Sacha Boyer, étudiante en science politique.

Fraîchement diplômé en biologie et jeune médecin, il épousa Sacha à l'âge de vingt neuf ans. Très vite, le mariage fut une catastrophe avec une série de crises et d'incompréhensions : tout les opposait. Et lorsque Sacha n'allait pas dans son sens, il entrait dans une colère noire. Rien ne devait s'opposait à lui et ses variations d'humeur étaient difficiles à vivre.

Selon lui, alors jeune directeur d'une unité de recherche à l'Inserm, l'eau se comportait comme une bande magnétique liquide qui, lorsqu'elle était traversée par des molécules, les enregistrait aussitôt. En d'autres termes, l'eau transportait en elle une mémoire, mais celle-ci demeurait fragile. Le moindre champ magnétique ou une variation de température pouvaient l'effacer pour toujours. Incompris par le milieu scientifique et son entourage proche, Adrien fut traité comme un savant fantasque et un charlatan. Il aurait pu se battre, mais je fus le couperet. Humilié, abandonné, trahi, il déserta la France et se réfugia au Canada pour poursuivre ses recherches avec des fonds privés. Ce fut là-bas qu'il fut rejoint par ces deux scientifiques, convaincu de l'importance de ses découvertes. Ensemble ils créèrent « Nanowaters », un laboratoire dédié à l'eau en tant que matière et à sa mémoire. Aujourd'hui, Médecin-chercheur / Biologiste, il avait raison de monnayer son divorce et ses services avec la police, contre la pérennisation de ses recherches et de son laboratoire. Malgré tout, je le respectais. Sur le plan sentimental, c'était une toute autre affaire depuis l'histoire avec Sacha Boyer. J'imaginais un homme secret et solitaire mais pas insensible à la beauté des femmes. Sur ce point nous nous ressemblions. J'avais bien vu comment il avait regardé Eva Monet. Cependant, l'expérience du passé l'avait sans doute bien convaincu de garder ses distances, même si les femmes ne restaient pas insensibles à son charme viril. Car avec sa barbe de huit jours et ses cheveux hirsutes, Adrien était plus qu'un ours, c'était un « Grizzly».

La porte s'ouvrit, la pluie s'engouffra en rafale et vint mouiller mon paillasson. Le Grizzly était devant moi. Heureusement qu'il parla le premier. Que lui dire après toutes ces années ?

— Sale temps. Mais bon il fait moins froid qu'au Canada.

La porte se referma derrière lui.

— Bon dis-donc frangin, nous avons deux solutions ; nous foutre sur la gueule toute de suite, comme ça, c'est fait, ou bien se souhaiter bonne chance.

Il fronça les sourcils en attente de réponse. Qu'était-il vraiment venu me dire ? Qu'il n'avait finalement pas oublié et pas pardonné, et que le combat allait reprendre de plus belle ? Et si nous options pour la troisième solution : chacun de son côté, lui dans son Pôle Nord et moi dans mon Pôle parisien. Je n'étais vraiment pas confortable avec cette proximité et cela devait se voir.

— Tu as une idée de l'endroit où aura lieu le prochain meurtre ? Parce qu'il y en aura un troisième, finit-il par lâcher.

Il sortit de mon bureau et disparut aussi vite. Il n'avait pas changé. Toujours aussi mystérieux et sauvage. J'avais toute la nuit pour trouver une réponse à ces questions. Il était tard et je voulais rentrer chez moi. La nuit était tombée, lorsque j'observai à travers la vitre de mon bureau, les équipes de jour et de nuit commuter. J'avais quelques minutes avant de rentrer chez moi et en profitai pour regarder mon pansement. L'eau avait grignoté un peu plus la peau. Je devais le refaire, mais en le soulevant, il emporta avec lui un lambeau de chair morte. Dessous ma peau était d'un rose vif. Je reposai le pansement, saisis du ruban adhésif et décidai de le changer chez moi, à l'abri des regards. Cela prit tout de même un bon quart d'heure et c'est pressé de rentrer que je traversai la salle commune, saluant l'équipe de nuit tout en remontant le col de mon blouson. Soudain résonna dernière moi la voix de la Commandante. Elle agitait mon rapport du bout des doigts.

— C'est quoi ce gribouillis ? Les vacances sont terminées !

— La période de la Gestapo aussi !

Je sentis les regards médusés de l'équipe pétrifiée. Avaient-ils peur pour moi ?

La Commandante prit une profonde respiration, soulevant sa large poitrine.

— Je vous préviens Laurens, ce sera vous ou moi.

— Ou moi sans vous ! répondis-je du tac au tac avant de tourner les talons. Bonne soirée !

J'entendis quelques sifflements d'admiration s'échapper, Nathan Monroe qui était parmi l'assistance devait jubiler. Il avait sans aucun doute rêvé d'envoyer balader sa mère, sans avoir eu le courage de le faire. De mon côté, je m'enfonçai dans l'obscurité de la nuit en repensant à ce qu'avait dit mon frère. « Il y aura un autre meurtre, c'est certain » ! En rentrant chez moi, je remarquai une voiture garée, les phares allumés. Visiblement, quelqu'un m'attendait. La portière s'ouvrit, je reconnus tout de suite le galbe de sa cheville et son goût pour les talons hauts. Sacha. Que venait-elle faire ici ? La réponse fut directe.

— Louis, j'ai peur !

# 6

Sacha était déjà rentrée dans mon appartement quand je fermai la porte à clé. Elle retira son manteau et se dirigea directement vers le bar pour servir deux martinis blancs.

— Tu as passé une bonne journée ? me demanda-t-elle comme si nous étions un couple depuis toujours, et non l'inverse, deux inconnus depuis six ans. Elle plongea sa main dans son sac pour en sortir un paquet de cigarettes. Je ne me souvenais plus qu'elle fumait.

— Je pense que l'on avance, répondis-je sur un ton neutre.

— Foutaises !

Elle alluma sa cigarette et après avoir aspiré nerveusement une bouffée se tourna vers moi.

— Vous allez droit dans le mur, toi et la petite de la PJ. Elle fit tourner les glaçons dans le verre. Je retrouvais Sacha avec son foutu caractère.

— Et ? Poursuis, je t'écoute.

— J'ai surpris une discussion entre Breteuil et Marouel, ce dernier l'a menacé de mort.

— Tu veux dire que le Ministre de l'écologie a menacé de mort ton Ministre de l'intérieur ? Bonne ambiance au gouvernement !

Elle hocha la tête et souffla une autre bouffée de tabac, tout en retirant ses chaussures à talons. Ces pieds aux ongles vernis apparaissaient, fins et souples à la fois, comme son corps de liane qu'elle laissa glisser sur le canapé.

— Mais pourtant c'est lui qui est mort ?

Je m'affalai en face d'elle sur le fauteuil. Être proche de Sacha pouvait être dangereux, même fatal.

— La meilleure défense est l'attaque. Breteuil le sait, et je le sais.

— Et que fais-tu du type de la Bastille ? demandais-je.

— L'homme de main, le meurtrier, je présume.

— Non, non, je t'arrête tout de suite. Il est mort bien avant le Ministre.

— Alors le vendeur de poisons.

— Peut-être. Mais comment se procure-t-on de la dioxine, de la strychnine ou du botulisme?

— Quand on est au pouvoir, on a accès à tout, dit-elle en redressant le visage.

Les volutes de cigarette montèrent dans la nuit.

— Et toi dans tout cela ? Pourquoi as-tu peur ?

— J'ai surpris cette discussion entre Marouel et Breteuil et ce dernier a vu que j'avais tout entendu.

— Je vois.

— Non, tu ne vois rien du tout, et c'est bien cela le problème. Il faut trouver ce qui a bien pu lier ces deux hommes.

— Et l'attentat terroriste dans tout cela ?

— Des conneries de la petite Monet, mais cela me fait gagner du temps, et comme tout va se savoir... Imagine à la une des journaux : notre gouvernement n'a pas pris au sérieux une menace terroriste après nos attentats ? Non, non, nous ne pouvons pas prendre le risque à un an des primaires.

— Sacha je ne te suis pas, tu protèges qui là avec ton discours de politicien ?

Elle glissa de nouveau sur le tapis pour s'avancer vers moi et posa ses deux mains sur mes genoux. Je frémis.

— Tant que Breteuil pense que je ne dirai rien et que j'irai dans son sens, je suis à l'abri, mais pour un temps, pas pour l'éternité. J'ai besoin de ton aide.

Je vis sa petite poitrine se soulever sur ces derniers mots et ses yeux vert amande se poser sur ma bouche. Ses mains remontaient doucement le long de mes cuisses, lorsque l'une d'elles pressa mon pansement. Je toussai et me redressai.

— Ecoute, il est tard et demain, nous avons une grosse journée.

— Tu vas m'aider ?

— Je vais faire ce que je dois faire. En attendant rentre chez toi. Je lui tendis son manteau. Elle se leva, remis ses talons, redressa sa robe au-dessus de ses cuisses pour lisser ses bas. Ses jambes étaient toujours aussi belles et je les imaginais s'enlacer comme des lianes autour de ma taille. Allais-je regretter une nuit torride ?

— Allez, rentre !

Je fermai la porte derrière elle, sans voir à l'ombre d'un arbre, une Méhari, couleur sable, modèle Sandy 450. À l'intérieur, mon frère avec une bouteille de vin à la main qu'il rangea dans sa boîte à gants avant de démarrer. J'éteignis le salon, en ne regrettant rien. Sacha était ce genre de femme à attirer les emmerdes. J'avais bien fait de résister. Une fois seul dans la salle de bain, je soulevai le pansement et distinguais du liquide jaune formant une sorte de croûte molle qui se décolla en même temps que je retirais le pansement. Naïvement, j'imaginais que cela cicatriserait. Comme notre histoire d'ailleurs ! Je me remis à penser à ce qu'elle venait de me dire. Elle y allait fort tout de même en éliminant la piste des terroristes qui semblait être du solide selon Eva Monet.

*********** 

Sur la table, un risotto aux champignons dégageait des volutes parfumées. C'était la spécialité de Blanchard, mais aussi le plat préféré d'Eva qui avait soudainement faim. Dans son appartement de Montmartre, Eva repoussa les dossiers dans lesquels elle était plongée depuis quelques heures déjà. Ce soir-là, Blanchard était bien décidé à monter d'un cran. Il se préparait à négocier un week-end romantique, l'idée étant d'officialiser leur relation. Il se souvenait aussi du commentaire d'un ancien collègue d'Eva : cette petite était comme un cheval racé, il fallait tenir les rênes courtes. Trop de distance et c'était le 'désarçonnage' ! Il était temps de passer à l'action, il fallait juste trouver le bon moment.

— Il y a un truc qui cloche ! s'irrita Eva en attachant ses cheveux avec un stylo.

— Comme pour toutes tes enquêtes Eva. Blanchard expira. Je commence à avoir l'habitude.

— Je crois que je vais devoir revoir tout depuis le début.

— Quoi ce soir ?

Dans cette question, c'était tous ses espoirs qui filaient. Avec Eva revoir toute l'histoire, c'était revenir au début des enquêtes, avec toutes les étapes : découvertes, constatations, PV, témoignages, réquisition, perquisitions, pour dérouler l'action et ouvrir ainsi sur toutes les pistes. Pour Eva, cela ressemblait sans doute à un jeu, pour lui à un calvaire. Eva le vit de suite et sourit tout en avalant une bouchée.

— Quoi, tu pensais à autre chose, n'est-ce pas ? demanda-t-elle.

— Tu es une enquêtrice hors pair ! Je ne peux rien te cacher, dit-il en retirant quelques grains de riz coincés à la commissure des lèvres pulpeuses d'Eva. Tout en elle était d'une sensualité explosive, sans doute parce qu'elle ne s'en rendait pas compte. Mais cela n'échappait pas à Blanchard, ni à ses collègues masculins et autres hommes.

— Oui ! Oui ! Oui ! Je le vois bien dans ton regard, taquina-t-elle. Mais laisse-moi juste terminer le parcours caméra, je crois avoir vu quelque chose.

Blanchard se dit qu'il avait gagné une partie, le tout était de la convaincre d'une échappée amoureuse après l'orgasme. Puis il hésita, après le premier ou le second ? Soudain, deux sonneries le ramenèrent à la réalité. Eva Monet décrocha.

— Commissaire, nous ne vous cachons pas nos inquiétudes quant à cette menace terroriste, avez-vous progressé ? s'interrogeait à l'autre bout du fil le Préfet de Police de Paris.

Il s'écoula sans doute une heure. Eva Monet dut argumenter pour rassurer tout ce petit monde, or, comment avait-elle fait alors qu'elle pataugeait en eaux profondes ? Blanchard la trouva formidable et ses sentiments ne faisaient que s'intensifier, comme ses désirs. Elle le sentit et lui sourit alors qu'à la Préfecture, on lui demandait d'être efficace. Sans doute parce qu'elle en avait marre de se prendre des savons de toutes parts, qu'à peine avoir raccroché, elle sauta au cou de Blanchard. Il le savait, Eva Monet évacuait ses frustrations par le sexe. Il pensa aux deux orgasmes qu'il allait lui offrir sans oublier sa proposition de week-end. Blanchard avait plein de défauts, sauf de ne pas être déterminé. Il retira la petite culotte de coton blanc découvrant le sexe d'Eva et la glissa le long de ses jambes musclées. Sa respiration s'accélérait, alors que sans s'en rendre compte, elle était déjà sur lui, cambrée. Il posa ses mains sur sa taille pour rythmer la cadence et se tendre comme un arc. Ce fut un orgasme, un méga orgasme et puis rien d'autre. Demain matin, au petit-déjeuner, il lui parlerait, demain, demain. Là, à cet instant T, il était mort, elle l'avait tué.

Le lendemain matin à 7 heures, je retrouvai la Fluve et rejoignis l'équipe de mon frère. Je remarquai une bouteille de vin rouge sur un coin de son bureau et reconnus le goût de mon frère, puisque c'était aussi ma préférée : un Château Montus 88. Pierre Joffrin actionna le Nanowaters et ses images en 3D, qu'il surnommait « l'empreinte de la mémoire ». Il m'expliqua qu'avec cette machine, il pouvait détecter n'importe lesquels des résidus. L'eau avait la particularité de mémoriser les éléments avec lesquels elle était en contact, sans que l'on retrouve trace des molécules. Il nous donna l'exemple d'un test qu'ils avaient fait. En simplifiant au maximum son explication, il mit en contact des molécules de café avec de l'eau. Jusque-là, c'était simple. Puis il dilua l'eau en pratiquant des hautes dilutions jusqu'à ne plus trouver de molécule de café. Puis, il enregistra les fréquences de l'eau qu'il transmit par ondes numériques à une eau neutre. Celle-ci enregistra les informations pour obtenir les qualités du café sans les molécules de caféine. Pour moi, c'était de la magie, pour lui, de la science qui pouvait offrir à l'humanité une médecine numérique, une découverte que fit un grand biologiste français, Jacques Benveniste et dont les travaux avaient été repris par moult scientifiques y compris par un prix Nobel, Luc Montagnier. Quoiqu'il en soit, la médecine numérique allait exister et cela allait être révolutionnaire ! Je pouvais le voir dans les yeux brillants de Pierre Joffrin. Mais en attendant, il fallait atterrir et revenir à notre cas. Pierre Joffrin avait donc trouvé les traces d'un anti-inflammatoire et autres composants quelque peu insolites. Selon lui, des pistes pouvaient s'ouvrir. De son côté, Mary-Ann Clark cherchait la mémoire émotionnelle me dit-elle en ouvrant une valise. Ainsi, avec la combinaison de leurs deux méthodes, ils pouvaient tenter de reconstituer la genèse des crimes, l'écosystème des victimes et enfin de trouver le dénominateur commun entre elles. De ses croisements d'observations, mon frère établit une première liste de critères. Il s'agissait d'une personne qui écoutait de la musique, qui connaissait les deux victimes, consommait des anti-inflammatoires et qui pouvait circuler librement à l'Elysée. Sur la liste, deux suspects : l'épouse du Ministre ou un collaborateur assoiffé de pouvoir. Breteuil ? Pensais-je intérieurement. Un appel me stoppa net. Eva Monet était à l'autre bout du fil. Elle et Blanchard en cherchant d'autres indices avec leurs méthodes classiques : contrôle d'identité, visionnage de films de surveillance, analyse d'empreintes, n'avaient rien trouvé sur la femme de taille moyenne. En revanche, ils avaient suivi la piste d'une voiture de location vue sur les différents lieux. Une Citroën combi marron. Elle avait été louée par un certain Mohamed Saidi, - fiché S. La Citroën était introuvable. La dernière vision sur les bandes, fut du côté du canal de l'Ourcq. Eva Monet émit l'hypothèse qu'il s'en serait débarrassé dans le canal et me demanda une équipe de plongeurs. Je partis aussitôt en avertir la

Commandante qui me fit signe de ne pas la déranger alors qu'elle était en conversation téléphonique. Tant pis, je pris l'initiative de former mon équipe et d'y aller.

— Lavialle, Menna et Bastiani avec moi !

Un, deux, trois et quatre. Le corps renversé en arrière pour m'enfoncer dans l'eau, ce mouvement de bascule me procurait toujours cette petite sensation de perte de repères. Je resurgis à la surface avec mon matériel de plongée et crachai le peu d'eau que j'avais dans la bouche. Le pouce renversé, je fis signe aux autres que je descendais et appliquai le détendeur dont je serrai l'embout légèrement entre les lèvres. Par chance aujourd'hui, le soleil était au rendez-vous, permettant une meilleure visibilité. Ma torche sous-marine était un plus, car elle me permettait de balayer l'épaisse couche d'alluvions qui couvrait le fond du canal. Je fis quelques mètres et très vite une petite lumière attira mon regard : un reflet. Je m'en approchai, c'était le phare arrière d'un vélo. Puis plus loin, un mini-frigo et une machine à muscler. C'est fou ce que les gens jetaient dans l'eau. Enfin, au milieu d'une volute de vase, je découvris, posée là, sur ses quatre roues, prête à redémarrer, la fameuse Citroën. J'avais presque envie de m'installer à son volant. Je posai ma main sur la portière lorsque Lavialle m'interrompit brusquement et me fit signe que j'étais cinglé. Il pointa son doigt en direction d'un fil qui ondoyait discrètement dans l'eau. Merde, c'était un système d'explosif !

Lavialle suivit le fil qui allait de la porte, longeait le bas de caisse, pénétrait le châssis comme un serpent d'eau pour atteindre le coffre. Il brisa la vitre. Nous vîmes la bombe enroulée d'un plastique noir dont les morceaux flottaient comme les bras d'une pieuvre funèbre, le tout paré de fils multicolores. Je lui fis signe que je remontais à la surface pour prévenir les démineurs. Il me répondit par un signe négatif ; il pouvait s'en occuper après s'être assuré que nous n'avions affaire qu'à une seule bombe.

Pour avoir été avec lui sur des missions beaucoup plus dangereuses, je ne pouvais que le suivre. Il sortit son couteau et d'un coup sec coupa un fil, au hasard. En réalité n'importe lequel faisait l'affaire. Ce n'était que dans les films américains où l'on voyait le héros se demandant s'il fallait couper le fil jaune ou le rouge. Voilà, c'était terminé.

**********

— Laurens, si vous continuez à agir de la sorte, c'est un blâme que je vais vous coller et il vous explosera à la figure ! hurla la Commandante.

— Vous voulez parler de cette bombe Commandant ? dis-je en posant le système de mise à feu dégoulinant d'eau sur la table de la salle commune.

Silence. Elle ne m'accorda pas un regard, fit demi-tour et claqua la porte en sortant. Derrière moi, Nathan Monroe toussa. Cette dernière trouvaille venait démentir les pistes de mon frère ainsi que celle de Sacha, et relancer la thèse de la menace terroriste. Dès lors, tout se brouillait dans mon esprit. Il me fallait résumer : deux meurtres. Premièrement, un type encore inconnu, mort empoisonné dans les égouts de Paris. Et deuxièmement, le Ministre de l'écologie, tué dans son bureau par empoisonnement, démembré, puis exposé dans une mise en scène macabre dans les cuisines de l'Elysée. Et pour finir, aujourd'hui, une voiture qui se baladait au fond de l'eau avec des explosifs dans le coffre. Etions-nous dans une impasse ? J'en avais bien peur. Je suspendis ma combinaison de plongée pour la faire sécher et partis me réchauffer sous la douche. L'eau décolla le sparadrap, révélant une plaie de nouveau à vif. Bon sang que faisait le dermato, j'attendais toujours les résultats.

Une fois retrouvé mon costume de Capitaine, j'entendis des rires et des cris provenir du « Placard ». Mais comment font-ils pour tous rentrer là-dedans ? me demandais-je, en trouvant mon équipe agglutinée autour de Mary-Ann et son laboratoire en kit. Tous s'interrogeaient sur ses fonctions et s'étonnèrent lorsqu'elle avoua avoir défrayé la chronique aux Etats-Unis. De quoi parlait-elle ? C'est avec un petit sourire en coin, qu'elle nous expliquait avoir prélevé les larmes des mourants pour les analyser. C'est ainsi qu'elle s'était rendue compte que non seulement les larmes avaient des propriétés différentes mais, qu'elles contenaient une énergie : serait-ce l'émotion ou la mémoire du défunt ? Mieux que de l'or, elle gardait précieusement sa collection de larmes dans un coffre-fort. C'était sa banque de données qui lui permettait des comparaisons judicieuses, des croisements et de quoi faire avancer les enquêtes.

— Ils sont barges ! dit Télézio en sortant du « Placard ». Complètement barrés ! poursuivit-il en appuyant sa main sur l'épaule de Lavialle. Allez viens, je préfère mes petites recettes maison pour ce midi. Ça te dit une petite blanquette ?

— Il ne te faut pas trois heures pour mijoter ?

— Ben quoi, il est à peine 10 heures, on a tout notre temps.

Déjà ! Pensais-je, alors que l'on nous appelait pour une autre mission. Comme nous avions la responsabilité depuis 2009 de la totalité des cours d'eaux, canaux, lacs de Paris et de la petite couronne, ( 170 kms au total) , il nous fallait être très mobiles pour des interventions aussi bien sous le pont Alexandre III que sur le lac du Bois de Boulogne. Une équipe fut vite montée pour secourir un promeneur et son chien qui était coincés sur les bords du lac. Le Zodiac était sur la remorque. Le 4X4 démarra et fila vers l'ouest de Paris. Nous étions suivis par un fourgon de Police secours. Il ne fallait pas 15 minutes pour atteindre les berges du lac, que déjà, des promeneurs étaient attroupés autour de la scène. Un joggeur, un homme de 30 ans, vint vers nous dès notre arrivée. C'est lui qui avait téléphoné à la police qui avait ensuite suivi la chaîne de commandement vers la Brigade Fluviale. Le chien et son maître avaient dû glisser sur l'herbe haute en bordure du lac. L'homme n'était plus tout jeune et le chien dans la panique avait dû l'entraîner vers le milieu du lac et se prendre la laisse dans des racines. Puis ils avaient dérivé jusqu'à une dizaine de mètres de la berge de l'île inférieure, juste en dessous du Kiosque de l'Empereur. En me glissant dans l'eau, je remarquai aussitôt qu'il y avait un peu de courant, sans doute lié au trop-plein du lac supérieur qui se déversait par vagues. Je ne pouvais pas m'empêcher de repenser à la catastrophe survenue en 1862 où des patineurs imprudents avaient brisé la glace et avaient été aspirés au fond du lac gelé. Cela me faisait penser à ma propre histoire. Je redoublai de force lorsque j'approchai de l'homme qui avait du mal à garder la tête hors de l'eau.

À son côté, son chien se débattait et dans la panique griffait le cou de son maître. Dos Santos alla droit vers l'homme et lui parla d'une voix douce et rassurante. Ce dernier finit par sourire et se calma. Sans doute pas mimétisme, son chien en fit de même. J'enfilai par prudence des gants pour délivrer l'animal saucissonné par la chaîne de sa laisse. Elle était longue et faisait plusieurs fois le tour des racines. Même en tirant dessus, rien ne bougeait. Il était plus facile de tout couper. Et pire, elle s'était enroulée autour de la jambe du maître, risquant de couper la circulation du sang. Je fis signe à Lavialle de prendre la pince-monseigneur dans la caisse à outils. Il haussa les épaules, sans vraiment comprendre mes gestes. À côté, le chien continuait à se débattre, serrant un peu plus la cuisse de son maître qui se mit à hurler. Je remontai vers la berge pour récupérer l'outil au plus vite. Le bruit d'aspiration sourde s'échappait de mes bottes qui s'enfonçaient dans la vase épaisse. Elle tapissait ainsi le fond de ce lac que nous connaissions bien, pour les quelques accidents sans gravité survenus les week-ends lorsque les Parisiens venaient faire de la barque. Lavialle finit pas comprendre mon intention et tendit la pince. J'y retournai... Après quelques tentatives, la laisse fut coupée. Le chien se libéra et d'un coup de reins sauta sur la terre ferme. Il se mit à courir dans tous les sens pour se sécher et aussi pour se calmer. Le vieil homme mit quelques minutes avec notre aide à regagner la berge. Il était en état de choc et trempé. Dos Santos lui donna une couverture de survie dorée et lui demanda s'il était venu à pied ? Il murmura d'une petite voix, qu'il habitait à deux pas du Bois de Boulogne. On lui proposa de le raccompagner chez lui. Il avait besoin de se changer et de retrouver sa femme qui devait être inquiète.

Après avoir libéré le chien et son maître, j'entendis un petit bruit qui attira mon attention. Pas loin de nous, un canotier tamponna un rocher en position d'équilibre sur un monticule de terre, sans doute rongé par le ressac et quelques ragondins. Nous regardâmes dans la direction de l'embarcation, vérifiant que tout allait bien, puis observâmes le rocher rouler lentement sur le côté ainsi que la petite vague qui partait vers le milieu du lac. Lorsque des promeneurs pointèrent du doigt quelque chose sur la berge. L'un secoua la tête. Quoi encore ?

— Vous avez vu toutes ces ordures, c'est dégoutant.

— Hélas, nous avons l'habitude monsieur, il y a des gens irresponsables.

— Mais il y a même des ossements, regardez ! Jeter des carcasses de poulet, vraiment !

Mécaniquement, je tournai la tête en direction des déchets, lorsque j'aperçus en effet des ossements noircis. Marie De Santos me regardait, livide. C'était bien ce que je craignais. Nous repêchâmes un bon tas d'os en tous genres : un fémur, une mâchoire, puis un bras. Il fallait expédier le tout à la PJ qui le transmit à son tour au laboratoire. Sur le chemin du retour, De Santos ne pouvait s'empêcher de penser que nous avions affaire à un tueur en série qui se débarrassait de ses « objets encombrants » dans le lac. Je la sentais frémir d'excitation.

Deux coups de sonneries retentirent. Ce n'est que plus tard qu'Eva Monet m'appela entre deux scènes de crime. Elle venait d'avoir le premier retour du laboratoire : les découpes sur les os provenaient d'une mâchoire de crocodile. L'animal devait avoir élu domicile dans le lac. La journée n'était pas terminée. Il nous fallait désormais aller le chercher, s'il existait et ensuite le capturer. Après deux heures de recherches dans les herbes hautes et sous les petits ponts, nous trouvâmes un jeune couple de crocodiles. Ces animaux sauvages dont on parlait souvent dans les journaux, n'étaient pas tous des mythes urbains ou des légendes. Il était fréquent de voir des personnes rapporter des bébés serpents ou des crocodiles de leur voyage exotique ou par un réseau de trafiquants, mais une fois adultes, ne savaient plus quoi en faire. Un crocodile pouvait dévorer 18kg en un seul festin. Les propriétaires inconscients s'en débarrassaient et les déposaient dans le Bois de Boulogne, ou dans les égouts de Paris. On s'empressa de donner les deux petits crocodiles au zoo. C'était aussi ça la Fluve !

En raccrochant, Eva Monet n'avait pas tout dit à Louis Laurens. Elle se trouvait en compagnie du spécialiste des démembrements, découpes, décapitations et ce qu'il venait de lui dire, confirma ce qu'elle pressentait concernant le Ministre de l'écologie. Il lui montra quelques clichés.

— Tu peux voir ici, clairement que c'est découpé avec précision. L'intégriste musulman doit suivre une procédure spéciale comme pour le mouton. Le couteau doit être très bien aiguisé pouvant trancher ou transpercer, la trachée et l'œsophage, puis atteindre les veines jugulaires pour les couper. Puis comme pour la décapitation, ils font levier sur la vertèbre d'un coup sec. Or là, c'est tout le contraire.

Il tendit la photo du Ministre de l'écologie. Eva recula, décidément, voir une tête humaine découpée lui faisait toujours autant d'effet.

Non ce n'était pas une piste d'intégriste islamiste. Mais une pale copie pour brouiller la piste. Qui pouvait bien se donner tant de mal ? Il lui fallait désormais consulter « Mister Bomb » le spécialiste en explosif. Eva imaginait déjà la réponse. Bombe artisanale. Le tout était d'espérer trouver des empreintes ou des traces d'ADN dessus. Elle prit rendez-vous le lendemain avec le service des explosifs au LCPP, le laboratoire central de la Préfecture de police.

De retour à la Fluve, j'étais épuisé lorsque je vis d'abord ses basquets à la Steve Job et reconnus la bouteille posée sur mon bureau. Mon frère m'attendait.

— Alors finalement, on se la boit ?

— Finalement ?

— J'étais passé chez toi hier soir, mais tu semblais occupé.

Merde, il avait dû voir Sacha et s'imaginer encore des choses. Il vit à mon visage que je n'étais pas clair.

— Ne t'inquiète pas, elle est entrée à 20h et est repartie à 20H55.

C'était un peu court pour des acrobaties. Dans mon souvenir, elle était plutôt du genre 3 heures d'affilées.

Là, il était 19h00 à ma montre et je décidai d'emmener mon frère faire un tour sur la Seine pour nous amarrer en cette fin de journée aux pieds de la statue de la liberté. Nous ouvrîmes la bouteille et partageâmes cet élixir. Le vin avait un joli bouquet, avec ce goût de fruits rouges charnus tapis dans les sous-bois... Il était très expressif, marqué par des notes de cerises et de cassis. Nous restâmes un moment comme cela, sans rien dire. Je le regardai de temps en temps et lui souriais. Il me souriait à son tour. Je reportais mon attention sur le verre avant de me lancer.

— Qu'est-ce qui a fait que tu as pris cette voie de chercheur en biologie ?

— Découvrir la vérité. Toute la vérité.

— Tu veux dire quoi par là ?

— Tu ne t'es jamais posé la question sur nos parents ?

— Sur l'accident de voiture, tu veux dire ?

— Exactement. Les parents avançaient sur un procédé qui permettait aux plongeurs de descendre à des profondeurs extrêmes sous l'eau. Tu imagines, une révolution pour les militaires et les scaphandriers travaillant entre autre sur les forages pétroliers en haute mer. Selon quelques collègues, ils furent les propres cobayes de leurs inventions et m'ont dit les avoirs vus sans hésitation s'inoculer le « PWF ».

— Le quoi ?

— Polywater Water Fluid, c'était le nom de leur invention. S'ils se l'injectaient tous les jours inutile de te dire qu'ils devaient en être imbibés. Maman s'arrêta le jour où elle découvrit qu'elle était enceinte de nous. Mais c'était trop tard. Ils étaient repérés et furent liquidés, j'en suis certain.

— Tout de suite, le drame ! Moi aussi j'ai lu le rapport de l'époque : la voiture a glissé sur la route enneigée et a filé droit dans le lac gelé.

— Savais-tu que le vrai dossier de leur mort avait été classé « Secret Défense » ?

Je le regardai, d'un air surpris.

— Visiblement, tu n'avais pas eu ces informations ?

Informations. C'était bien cela qui m'obsédait. Encore elles. Et elles avaient été absentes une bonne partie de ma vie. Je n'avais en effet eu aucune connaissance de tout cela. Mais peut-être qu'inconsciemment, je m'étais engagé dans la police pour ça ? Et le fait de travailler à la Brigade Fluviale n'était peut-être pas un hasard non plus.

**\*\*\*\*\*\*\*\*\*\***

Ce matin, nous étions convoqués en salle de briefing par la Commandante Monroe. Ne pas y être présent ne voulait pas nécessairement dire qu'on tirait au flanc, mais pouvait signifier qu'on n'avait pas envie de se cailler les miches dans l'endroit le plus humide et le moins bien isolé du ponton. D'ailleurs, Télézio débarqua avec ses Moon Boots.

— Télézio, nous ne sommes pas au carnaval !

— Si vous voulez que je reste ici plus d'une demi-heure Commandante…

## 7

Pour entrer dans la police fluviale, voici la liste des nouvelles directives. La Commandante se faisait un plaisir de nous rafraichir la mémoire :

Avoir moins de 37 ans, être gardien de la paix et accepter d'être stagiaire pendant un an. Soit en sous-texte, être le souffre-douleur de tous. Les regards se tournèrent vers De Santos. Pour les aspirants, il fallait obtenir un bon résultat à la nage chronométrée de 200 mètres libre et 400 mètres en nage palmée. Passer le test de l'apnée. Savoir remorquer un corps, avoir son brevet de secouriste AFPS, savoir godiller et utiliser une barque avec ses rames. Là, quelques-uns se mirent à sourire, surtout en direction de Salomon qui ramait sec, mais pour obtenir un dîner avec De Santos. La Commandante poursuivait : transporter un sac avec les bouteilles de plongée dedans. Cette fois-ci tout le monde se tourna vers Télézio qui avait échoué lors du drame du pont Alexandre III. Passer un entretien psy. Silence dans la salle. Quelques-uns se raclèrent la gorge, mais nous ne dirons pas qui. Enfin et pour terminer, un oral sur la réglementation de la fluviale face à un jury. On aurait dit les directives d'une principale d'un collège à la rentrée scolaire. Et c'était tout. Nous pouvions repartir à nos tâches lorsque j'entendis la voix de la Commandante.

— Capitaine, on n'en a pas fini. Approchez-vous !

— Vous non plus Commandante, vous avez oublié : savoir faire les nœuds marins.    Et là, je pensais fortement au fond de moi au nœud coulant. J'y ai tellement pensé fort, que cela a dû s'entendre.

— Jouez pas au malin Capitaine, celui qui sera pendu avant l'année, ce sera vous. En attendant, dites à votre équipe que désormais, les heures d'entraînement quotidien devront être pointées. Que cela soit en fosse ou en milieu naturel et je vous rappelle que ces heures de plongées sont obligatoires. Idem pour la course à pied. Une heure par jour. Certains ici n'ont pas dû courir depuis des lustres... Je pense que la cuisine de Télézio est trop riche. On va se recentrer sur les fondamentaux et oublier le côté relais gastronomique. Elle quitta la pièce en roulant son important fessier de gauche à droite. De qui se moque –t-on !

En attendant comment annoncer cela à mes gars ? Nous avions déjà tous le moral dans les chaussettes. Lorsque j'en parlai à Télézio découpant en dès ses légumes dans la cuisine pour son fameux poulet basquaise, il me répondit avec regret :

— Ok, mais à une seule condition : que nous ayons des éponges et du produit vaisselle ! Et de l'entendre poursuivre : on n'a pas d'argent ! Et puis la bonne bouffe, c'est bon pour le moral !

J'étais d'accord avec lui, mais ce n'était pas moi qu'il fallait convaincre. Lorsque ce fut au tour de Nadia Ait Menna, elle poussa avec désinvolture son pied qui secoua deux vieux bacs en plastique dans lesquels nous trempions nos combinaisons pour les rincer.

— Du matos neuf ne serait pas une dépense superficielle non plus ! dit-elle laconiquement.

Puis ce fut au tour de Bastiani qui enfilait une combinaison tout en grelottant.

— Ok, mais un chauffage pour nous éviter d'entrer dans des combis gelées s'il vous plaît m'dame la casse bonbon !

Au lieu qu'un rire collectif embrasse l'espace, à la place régna un silence. Bastiani poursuivit dans son délire tout en enfilant la tête dans sa combinaison.

— ... Et puis aussi un ordinateur qui ne te colle pas des châtaignes à chaque fois que tu le touches et aussi rétablir le câble électrique pour ne plus avoir des coupures, ah et oui j'allais oublier, pour la TV, un câble numérique serait génial ! Voilà m'dame la casse bonbon... Sa tirade terminée, il sortit la tête de la combinaison.

— Ce sera tout, Brigadier Bastiani ?

La Commandante Monroe était là devant lui, les seins en avant, fière et prête à lui en coller une. Bastiani remonta en silence sa fermeture éclair. Nous, nous regardions nos chaussures... On était passé à deux doigts de la catastrophe. Une nouvelle page de la Brigade Fluviale se tournait. Espérons que ce fut dans le bon sens !

— Une alerte ! Christian Hay, le secrétaire était à bout de souffle et fébrile.

Une péniche qui servait de salle de séminaire avait été percutée par une barge de transport.

— Deux séminaristes sont coincés dans les cuisines. Dépêchez-vous !

En effet, il fallait faire vite, Lavialle qui chargeait les bouteilles se rendit compte qu'elles étaient vides et les tendit à Bastiani qui activa le compresseur.

— Le compresseur est en panne ! Encore une fois ! ajouta-t-il devant la face déconfite de la Commandante.

Pour ne pas ajouter de tension entre elle et mon équipe, je décidai de prêter mon matériel perso.

— De Santos se chargera d'aller remplir les bouteilles et de nous rejoindre dès que possible. Lavialle embarqua son scaphandre.

C'était le genre d'intervention que l'équipe de la Fluve faisait régulièrement, sauver des vies et celles de ces deux jeunes était entre nos mains. Chacun connaissait le process à suivre. Même De Santos percutait dans le bon sens. Le matériel fut vite chargé et le temps de le dire, le Zodiac filait vers la péniche-séminaire qui coulait.

À 10h21 : nous étions sur place. Le flanc de la péniche était éventré. La barge qui transportait du sable, était encore incrustée dedans, par l'avant. Sur les berges de la Seine, plusieurs jeunes attendaient mouillés, en regardant les deux bateaux. Ils avaient dû sauter à l'eau et nager jusqu'au bord. Nous sortîmes cinq motopompes pour créer des poches d'air et soulever l'embarcation.

10h22 : Bastiani et Lavialle étaient déjà à l'eau : il fallait inspecter sous la coque du bateau.

10h33 : Deux ambulances des pompiers se garaient sur les quais pour prendre soin des personnes choquées et frigorifiées.

11h37 : Bastiani et Lavialle restaient dans le fleuve. Je décidai de monter sur la péniche avec Nadia Ait Menna. Il fallait arriver à faire comprendre aux deux séminaristes faits prisonniers que l'on était là, en faisant du bruit sur la coque avec un outil.

11h42 : Après avoir défoncé la porte du bas, nous pouvions accéder à la cabine. Il restait encore une porte à franchir avant d'arriver à la salle où se trouvaient les deux garçons. Je connaissais bien cette péniche qui servait régulièrement à des réunions et des groupes de paroles de diverses associations pour les avoir verbaliser : pas assez de gilets de sauvetage à bord, et pas question d'être moue du genoux avec l'équipement de sécurité, que j'estimais indispensable.

Nadia Ait Menna tapait sur la paroi de la péniche pour savoir si les deux garçons répondaient. Il y eut plusieurs coups en réponse. C'était bon signe, mais il ne fallait pas traîner : l'eau allait vite remplir la cavité.

11h51 : Nous passions la deuxième porte, en cassant les montants en bois des murs. L'eau était au niveau des genoux. Les deux plongeurs de la Fluve faisaient des allers-retours entre la surface et le fond du bateau.

11h55 : Dos Santos et Monroe arrivaient avec les autres bouteilles. Monroe se mit au milieu de la Seine avec son bateau, pour réguler la circulation et dévier les plaisanciers et les barges vers l'autre rive. Sur le pont au-dessus des dizaines de personnes filmaient avec les téléphones. Cette opération qui se voulait discrète, devait déjà faire le tour du Net ! C'était pire que les chaînes de télé en direct.

12h02 : L'eau montait très vite dans le bateau. Elle arrivait à la hauteur des épaules.

Il était impossible d'ouvrir la porte avec la pression de l'eau de chaque côté. Avec l'aide de Nadia Ait Menna nous réussîmes à percer un petit trou en haut de la porte. Je vis les deux séminaristes, leur visage contre le plafond de la salle afin de respirer. L'eau arrivait très haut. Leurs regards étaient paniqués. Ils criaient tous les deux pour qu'on les sauve. Je n'avais pas le temps de dire un truc à Nadia Ait Menna, qu'elle avait compris et était déjà partie sur le pont. En attendant, je devais essayer de calmer les deux jeunes. Mais l'eau montait très vite.

12h04 : Nadia Ait Menna était de retour avec deux bouteilles de plongée. On réussit à les passer dans le trou au-dessus de la porte. Il fallait que les deux garçons puissent respirer le plus vite possible. Je vis dans leurs yeux une lumière de joie lorsque l'air fut projeté dans leur bouche. C'était moins une : l'eau avait atteint le plafond et les visages des deux garçons disparurent sous nos yeux.

12h07 : La porte de la salle céda enfin. L'eau de la salle nous projeta en arrière. Les deux garçons et leurs bouteilles nous passèrent devant, entrainés par l'eau. Menna et moi-même arrivâmes à les attraper et à les tirer vers la surface. Ils étaient très agités, ce qui rendait tout déplacement difficile. Après quelques secondes, ils comprirent et cessèrent de bouger.

12h09 : en nageant à la surface on arriva sur le pont de la péniche avec les deux rescapés. Au-dessus de nous, sur le pont en pierre, les gens applaudissaient.

12h14 : Bastiani et Lavialle étaient toujours à l'eau. Ils surveillaient que la péniche ne s'enfonce pas.

12h17 : C'était l'arrivée de l'Île de France. L'opération était délicate. Il s'agissait de remorquer la péniche avec notre puissant pousseur et de la faire dériver vers le bord.

13h34 : Enfin, la péniche fut amarrée à la berge. Il restait la barge qui avec le poids du sable devait peser des dizaines de tonnes. L'avant de sa coque ne semblait pas abîmé.

13h50 : Après plusieurs essais, nous avons dû appeler un remorqueur du port Autonome pour nous aider. Le fort courant et les poids de la péniche rendaient ce remorquage délicat et épuisant.

14h23 : Arrivée du deuxième bateau et début du remorquage vers une autre barge. Il fallait éviter que le bateau restât coincé sous un pont ou, pire, que le courant entraîne la barge vers une autre péniche. Il y avait beaucoup de circulation sur ce bras de la Seine.

17h46 : les deux barges étaient amarrées et sécurisées.

Je sortis exténué de ce sauvetage qui dura toute la journée. Ma plaie s'était rouverte avec sans doute une infection, car la peau était rouge et parfois violette. J'espérais que le Docteur Alouani fut toujours là lorsque je franchis les portes de l'hôpital et m'engouffrai dans le service dermatologie.

— J'allais vous appeler me dit-il.

Mais bien sûr docteur, pensais-je en silence. C'est ça foutez-vous de moi !

— J'ai vos résultats et c'est embêtant.

Tiens donc, embêtant pensais-je, quel drôle de mot il utilisait. S'agissait-il d'un mélanome, d'une gangrène ?

— Je vous écoute Docteur.

— Monsieur Laurens, vous avez un prurit aqua génique ou une hydro allergie.

— Pardon ?

— Vous êtes allergique à l'eau. Normalement, les symptômes durent quelques heures. Mais si vous sollicitez votre peau au contact de l'eau, la plaie s'aggrave, comme dans votre cas.

Je ne savais pas si je devais rire de soulagement parce que ce n'était pas une de ces saloperies mortelles, ou pleurer car dans ma situation, ne pas être en contact à l'eau relevait de la farce.

— Il y a sûrement un traitement ?

— Hélas, nous avons du mal à traiter cette maladie. Nous ne connaissons toujours pas les causes. Certains pensent que c'est une sensibilité aux substances contenues dans l'eau, d'autres que c'est la température.

— Mais même pas une pommade ou autre chose ?

— Ah si, des pommades ainsi qu'un petit traitement antibiotique. Rassurez-vous.

Je secouai la tête de soulagement, en me rappelant de ma première piqure, je n'avais pas oublié la sensation de ce petit pincement qui devient aigu dans tout l'avant-bras. Donc pas de piqûre, juste un traitement, quel bonheur !


**********

Au petit matin, sous une pluie battante, Eva Monet me retrouva à la brigade. Elle courrait vers moi, se protégeant des gouttes avec son écharpe qu'elle tenait au-dessus de la tête, flottant derrière elle. Cela donnait une drôle d'image. Je ne savais pas quoi en penser avant que mon frère me rejoignant, un mug à la main avec son éternel thé vert, me bouscula d'un air taquin. Tout en la regardant s'approcher de nous...

— Ça ne ressemblerait pas à cette fameuse séquence de film romantique, tu sais sur la plage? Ah oui, ça me revient « un Homme et une Femme » ! Shabadabada ! chantonnait-il !

— Ta gueule ! lui balançais-je.

Eva Monet arrivait à notre hauteur et stoppa net devant moi. Il y avait quand même comme un petit trouble entre elle et moi. Sans doute, son léger décolleté mouillé par la pluie.

Mon frère tourna les talons en haussant les épaules. Il n'était pas dupe.

Dans mon bureau, Eva Monet revenait avec les résultats du service des explosifs. Nous avions affaire à un débutant en explosif et démembrement, mais en revanche à un spécialiste des empoisonnements. Il s'agissait de la même personne, peut-être ce fameux Mohamed Saidi, qui réapparut la dernière fois au centre commercial, quai d'Ivry. Il fallait le retrouver. Eva Monet me demanda de transmettre son portrait à mon équipe au cas où il se promènerait dans notre secteur. Pas de problème, Eva pouvait compter sur moi. Lorsqu'elle se leva pour sortir de mon bureau, elle se prit les pieds dans une serviette que Némo, notre chien mascotte avait malicieusement roulé en boule durant mon absence. Je la vis plonger en avant puis se ressaisir et repartir en arrière avant de tomber dans mes bras. C'était presque une chorégraphie cinématographique. Sa chute était parfaite et sa bouche si près de la mienne. Nos souffles furent suspendus un instant, qu'allions-nous faire, nous embrasser ou repousser à la prochaine chute ? Je me rapprochai d'elle, elle ne recula pas. Je sentis dans mes bras ses muscles bouger en ma faveur, c'était une invitation. Elle frémissait comme une fleur caressée pas une légère bise, son désir était imperceptible à l'œil, mais tangible dans mes mains. Elle me désirait aussi. Ce n'était pas un baiser romantique que je souhaitais lui donner, mais plutôt celui d'un carnassier qui avait trop attendu sa proie pour n'en faire qu'une bouchée, à pleine bouche. J'allais m'élancer, lorsque le destin en voulut autrement. Mon frère débarqua. Nous nous redressâmes aussitôt. Elle lissait sa queue-de-cheval nerveusement en arrière tandis que je récupérai à terre la serviette. Contre toute attente, il ne fit aucune réflexion, il partait du principe qu'il avait vu juste dès le début. Ce qui n'était pas notre cas. Il laissa échapper un petit soupir, celui du « oh pardon, je vous ai dérangés ? Puis un raclement de gorge. Nous revenions à la réalité et notre enquête allait prendre une toute autre direction.

— Joffrin a un nouvel élément, je pense que cela va vous intéresser, nous dit-il.

Des courbes se mélangeaient formant des schémas incompréhensibles à tous sauf à lui. C'était très clair, une évidence même. Le meurtrier était une femme. Ces éléments provenaient des indices recueillis sur la scène de crime des égouts de la Bastille et relançaient la piste du jeune tagueur que l'on avait interrogé. Il avait fait référence aux câbles électriques et à une femme qui quittait les lieux au volant d'une voiture.

— Vous voyez là et là ? dit Joffrin en pointant avec le bout de son stylo son écran sur lequel apparaissaient des masses noires et blanches difformes. Il attira notre regard sur des pointillés en forme de collier. Nous nous rapprochâmes tous en même temps, les sourcils plissés. Qu'allait-il nous sortir encore ? Il reprit calmement.

— Ce sont les ondes d'une fleur et pas n'importe laquelle, celles de l'Iris.

Il n'y avait que les femmes pour porter un parfum poudré.

— On en apprend des choses à la police ! balança Télézio moqueur.

De mon côté, je réalisais que finalement le jeune tagueur ne s'était fichu de nous qu'à moitié. Il aurait vraiment vu cette femme dans sa voiture.

En sortant des bureaux, mon frère ne put s'empêcher de balancer une petite réflexion sur Eva et moi, qui n'échappa pas à Blanchard qui venait d'arriver. Avait-il fait exprès ? Oui certainement.

— Ce ponton sent le ménage à trois ! Shabadabada !

Blanchard perçut le trouble d'Eva et se dit qu'il devait accélérer s'il ne voulait pas la perdre. Aussitôt dans la voiture de fonction, il coupa le gyrophare et son boucan pour l'inviter à dîner. Il fallait avancer.

**********

Dans un coin d'un restaurant à la décoration romantique, Eva et Blanchard étaient attablés observant le serveur servir le champagne. Elle tapotait nerveusement sur la table, elle savait que ce dîner allait être éprouvant. Elle avait fini par en avoir l'habitude.

— Comment ça, il faut avancer ? reprit Eva.

— Cela fait déjà 8 mois, Eva.

— Arnaud j'ai toujours été très claire dès le départ. Je ne conçois pas les relations dans un enfermement. Nous sommes bien ensemble en ce moment, non ? Demain ce sera peut-être une autre histoire ?

— Une autre histoire ? C'est comme cela que tu vois les choses, je suis un chapitre de ta vie ?

— Oui, c'est exactement ça et nous en sommes les auteurs. À toi de savoir si tu souhaites fermer ce chapitre ou prolonger de quelques pages, ... Tant que c'est bon ?

— Tu es incroyable, ça se voit que tu es flic, tu manies avec génie l'art du suspense.

— T'es con ! dit-elle gentiment avant de se lever, de l'embrasser tendrement et de le quitter en silence.

Blanchard restait assis regardant la serviette qu'elle venait de poser à côté de la coupe de champagne, la trace de son rouge à lèvres dessus, lui faisait penser à ses baisers. Elle venait de lui échapper. Mais allait-il la laisser partir ? Eva Monet s'engouffra dans sa voiture et soupira. Elle se détestait une fois de plus et se demandait comment réagir lorsqu'on lui parlait d'amour alors qu'elle n'était pas amoureuse. Etait-ce typiquement féminin ? En évoquant cela, elle pensa de nouveau à la silhouette féminine de l'enquête.

Je passai sans doute la nuit entière à regarder sur Internet les effets de l'allergie à l'eau. « *Hydro allergie - une adolescente de 17 ans allergique à l'eau - les 5 plus pénibles allergies au quotidien - urticaire aqua génique.* » Tout y était, y compris les photos gores avec des peaux « crocodiles », des plaques rouges, des pustules et des éruptions prurigineuses. Je reculai sur mon fauteuil en soupirant, trop c'est trop.

Il fallait me changer les idées. Je ne savais pas pourquoi, mais je pensais à Eva Monet puis à quelques détails donnés par le témoin du crime de la Bastille et aussi l'annonce de Pierre Joffrin : le meurtrier était une femme. Quelque chose clochait dans le témoignage du gamin, cette histoire de câble m'intriguait. Je regardai par la fenêtre. Pas de pluie ! Je décidai d'aller sur la seconde scène de crime dans les égouts, en moto. Traverser Paris sur un deux-roues, c'était un peu comme avec un bateau. J'avais l'impression de surfer à travers la ville, m'enivrant d'un sentiment de liberté auquel je tenais tant.

Je montrai ma carte aux deux flics qui gardaient la scène de crime. Puis seul dans les égouts, j'observai en silence avant de vérifier mon soupçon. Mais pour cela, je devais plonger mes bras dans l'eau croupissante. Je n'avais pas le choix et retirai ma chemise. Là, allongé torse-nu sur le sol, je plongeai mes bras et tâtonnais. C'était bien ce qu'il me semblait. Il n'y avait pas de câble à cet endroit. Le gamin avait menti. Mais pourquoi ? Quel était son mobile à part cacher le chainon manquant. Il était forcément sous mes yeux. Des talons hauts, me dis-je, en entendant des pas résonner derrière moi. Je me retournais. Eva Monet se tenait là devant moi.

— Vous aussi, vous avez un doute ? Elle observait quelque peu troublée mon torse dénudé, sans doute en contre-jour. Je savais qu'elle me trouvait à son goût. Mais elle coupa court.

— Avez-vous trouvé quelque chose ?

Je restais muet. Lorsqu'une goutte d'eau en tombant du plafond sur mon épaule me fit l'effet d'une brûlure, suivi d'une décharge électrique. Aussitôt, des informations envahirent mon corps et mon esprit, comme des flashes, des images rapides dans ma tête. Un parfum, celui d'une femme et les premières notes d'une symphonie.

Qu'est-ce que c'était que ce bordel ? L'allergie à l'eau procurait-elle aussi ce genre de délire ?

— Laurens, vous allez bien ?

Je préférai ne pas répondre et me recouvris.

Eva Monet quant à elle, regardait le torse musclé de Louis Laurens qui enfilait son blouson de moto.

— Votre témoin là, il nous a baladé, lui dis-je.

— Je sais, c'est pourquoi je suis là. Donc, pas de câble ?

— Non.

— Je le convoquerai demain.

— Laissez tomber, il ne sera plus là !

— Sûrement. Allez venez, il est tard.

En sortant des boyaux de Paris, une drache tombait.

— Je vous raccompagne ! proposa Eva Monet.

En temps normal, j'aurais dit non, car ce n'était pas la pluie qui me dérangeait en moto, mais les crétins en vélo et les fous en scooters. La pluie ne semblait pas se calmer. Je répondis oui. Sur le chemin du retour, à un feu rouge, Eva Monet se pencha vers moi. Elle allait m'embrasser lorsqu'elle bondit.

— Quelle conne !

Elle partit sur les chapeaux de roues, je m'accrochais à la portière. C'était bien la première fois que je déclenchais une émotion pareille chez une femme. Souhaitait-elle faire monter la tension avant que nous dévalions l'escalier de ma chambre pour une nuit torride ? Mais je me rendis compte qu'elle ne prenait pas la bonne direction.

— Chez moi ce n'est pas par là, vous savez ?

— Nous n'allons pas chez vous Laurens !

— Alors chez vous ?

Elle resta silencieuse, puis je réalisai.

— Mais je croyais que vous n'aviez pas de chez vous, toujours au bureau...

— Laurens, qu'est-ce que vous vous êtes imaginé ? Un grand garçon comme vous...

J'avais tout faux. Heureusement, elle pila et s'éjecta de la voiture, nous étions arrivés. Une affiche sur les colonnes Maurice, annonçait « la Walkyrie» de Richard Wagner à l'opéra Garnier. Nous y étions.

— Vous pouvez me dire ce que nous faisons ici ?

Nous avons grimpé les escaliers quatre par quatre, pour nous engouffrer à toute allure au cœur de ce monument dédié à la grande musique. Je savais qu'il avait été construit par Charles Garnier sur des marécages et j'avais entendu, comme tout le monde, cette légende du Fantôme de l'Opéra, cher à Gaston Leroux, avec son mystérieux lac souterrain. Dans l'immense vestibule d'entrée, je fus surpris par l'éclairage des nombreux lustres qui ornaient l'escalier. La lumière s'était éteinte. Le public tout juste rentré de l'entracte fit le silence après une vague de chuchotements et d'excitation. D'où nous étions, nous pouvions entendre s'échapper quelques notes, et je reconnus aussitôt le fameux passage qui avait inspiré de nombreux films. C'était brillant et je ne pus m'empêcher de m'avancer vers la salle. A travers les portes fermées, l'acte III commença. J'imaginais le public écouter les premières notes avec émotion. Ils savaient ce qui les attendait. Lorsqu'Eva me fit signe puis disparut derrière une colonne, une issue menant tout droit aux coulisses. Elle s'y faufila. Je la suivis en passant devant la fontaine de la Pythie avec ses deux salamandres. Je ne pus résister à l'idée que cette prêtresse de Delphes aurait pu nous éclairer dans notre enquête. Mais je m'enfonçai un peu plus dans l'obscurité de ce monument sur les pas d'Eva Monet. Où tout cela allait-il nous mener ? Je continuais de la suivre en l'imaginant en Pythie, couverte d'un fin drapé sur son torse révélant le galbe de ses seins et une large échancrure sur sa cuisse. Une bien belle Pythie, mais loin d'être vierge comme dans la légende. Je repensai à ce salaud de Blanchard ! Eva Monet m'interrompit en plaquant sa main sur ma poitrine et en faisant signe de ne plus bouger, ni respirer. Je sentis la pression de ses doigts se crisper et vis une ombre ou plus exactement une silhouette maigre et anguleuse se glisser sur un mur. Acte 3, scène 3. Sur la scène, les Walkyries emmenaient les corps des héros défunts dans la demeure des Dieux. C'était la fameuse Chevauchée des Walkyries. Elles étaient aussi furieuses que grondantes. Ce fut à cet instant que nous surprîmes une jeune femme en costume antique s'éclipser discrètement par une trappe dans le sous-sol. Intrigués, nous partîmes à sa poursuite en descendant une échelle qui nous mena tout droit dans une sorte de dédale souterrain, des tunnels, des murs, et des piliers de briques ... Tout nous séparait inexorablement de cette ingénue de l'opéra ; quant au détour de quelques murs, nous devions avouer que nous étions perdus.

— Dans mes souvenirs, ce réservoir aurait la taille d'une piscine olympique, chuchota Eva Monet.

— Et ce bruit ?

— Nous sommes à plus de onze mètres de profondeur sous l'orchestre, sans doute l'écho des musiciens.

La musique enfla et les cuivres résonnèrent. Nous étions proches de la fin du spectacle. Soudain, l'explosion. L'onde de choc dans le tunnel souleva la poussière d'un coup, comme s'il s'agissait d'un tapis que l'on secouait à l'horizontal, et la surpression tendit nos tympans nous plongeant dans une surdité temporaire. Je connaissais par cœur les effets des explosions. Nous avions à faire à une pression proche du 3 kg-cm2, au-delà, nous risquions des lésions irréversibles. L'Opéra fut plongé dans l'obscurité. À l'entrée, les spectateurs affolés s'enfuyaient en hurlant dans un épais nuage de fumée. Je retirais alors mes deux mains collées sur la poitrine d'Eva Monet.

— C'était pour vous protéger ! assurai-je.

Ce n'était visiblement pas le genre de plaisanterie qu'elle appréciait vu l'expression qu'elle avait sur le visage avant de s'élancer dans les galeries souterraines. Au bout de plusieurs tunnels, ce fut la surprise. Nous découvrîmes des équipements militaires, des explosifs et du matériel informatique. Et s'il s'agissait de la planque d'une organisation terroriste ? Des gémissements nous interpellaient, en même temps qu'on découvrait la jeune femme blessée, dérivant au milieu du réservoir d'eau situé sous l'opéra. J'allais me jeter à l'eau, puis hésitai.

— Appelez le Samu ! hurla Eva Monet qui rapide, se précipita à l'eau pour la sauver. Hélas, la jeune femme poussa son dernier soupir dans ses bras. Je baissais les yeux, c'était trop tard. Les secours arrivèrent, ainsi que les techniciens en indentification criminelle de la police. On commençait à bien se connaître. Les petits noms et surnoms fusaient entre nous, ce qui n'était pas du goût d'Eva Monet qui me rejoignit la mine déconfite.

— Laurens, la p'tite, c'est la fille de la déléguée au ministère de l'écologie.

# 8

Maëva Frontilly fut transportée à l'IML. Pendant ce temps-là, son CV fut vite décortiqué. À peine âgée de 18 ans, elle faisait partie du chœur de l'Opéra Garnier. Elle avait réussi le concours après une émission TV, du genre The Voice. Cette couverture lui permettait d'aller et venir librement tout en étant la gardienne du repaire de ce groupe de terroristes. Mais qui étaient-ils? Quel était leur mobile ? Et que s'était-il passé pour que leur repère explose avec elle au milieu ? Etait-elle la meurtrière ou avait-elle été sacrifiée? La réponse ne fut pas longue à venir. Techniquement, non, car elle était précisément en train de chanter au moment des faits. Cependant, elle était sans équivoque la complice du meurtrier ou des meurtriers du Ministre, comme l'avait découvert l'équipe de mon frère : elle pouvait circuler librement au Ministère et grâce aux fameuses résonnances moléculaires de parfum d'iris, c'était bien une femme. Mais portait-elle un parfum poudré ? Eva Monet demanda les registres des visites de l'Elysée puis partit de son côté perquisitionner la chambre de Maëva Frontilly qui vivait encore chez sa mère. Je rentrai chez moi pour appliquer une épaisse couche de crème sur ma jambe qui me brûlait en surface. Dans cet état, je ne pouvais en aucun cas me montrer nu ou avoir une quelconque activité sexuelle avec une femme. Donc, aucun regret. Je partis me coucher, mais avec encore le souvenir de mes mains sur la poitrine d'Eva. Elle était ferme, et j'aimais ça !

**********

Pas étonnant que je rêvai d'Eva Monet cette nuit-là. Au départ c'était une suite de scènes qui mélangeaient des évènements de la journée et des scènes fantasmées. Éva était en uniforme de cérémonie avec sa casquette et ses gants blancs. Tout en me regardant dans les yeux, elle se mit à retirer ses gants comme Ava Garner dans le film Gilda, puis sa jupe, sa veste. Elle déboutonna son chemisier et le lança sur le lit. Telle Barbarella, Éva se tenait droite et fière. Elle fit un tour sur elle-même et dégrafa son soutien-gorge blanc. Ses seins étaient comme je les avais sentis avec mes mains : fermes et galbés. Elle se mit à quatre pattes et se dirigea lentement vers moi. J'étais hypnotisé par cette parade érotique. Elle mit ses mains sur mes cuisses, pour remonter doucement vers... Puis la scène se transforma subitement en un cauchemar. Hurlements, cris. Je me réveillai en sursaut. À la porte, on sonnait. 6H du mat. Mais bon sang qui se permettait de débarquer chez moi à cette heure ? Cela devait encore être Sacha avec son lot d'emmerdes.

— Sacha ! dis-je en soupirant tout en ouvrant la porte.

— Non ! reprit Eva Monet qui débarqua dans mon salon. Heureusement, j'avais pris le soin d'enrouler une serviette autour de la taille. J'avais compris qu'elle était très à cheval sur les convenances et l'étiquette. C'était bizarre de la voir habillée, raide comme la justice, alors que dans mon rêve, cette femme était sensuelle et animale... Je devais me calmer et arrêter de me faire des films. J'étais seulement drapé et mes idées torrides allaient peut-être se voir sous ma serviette de bain !

— Commissaire, cela faisait si longtemps ! J'appuyais délibérément sur le « si ».

— Faites pas le malin, j'ai besoin de vous.

— Ah, nous y voilà ! J'avais l'impression de n'être qu'un Saint Bernard.

Je faisais là, référence à ce que me disaient les navigateurs sur le fleuve lorsqu'ils nous croisaient et que l'on sauvait des personnes. Nous sommes une police que l'on aime bien voir, d'où la réputation d'être les Saint-Bernard de la Seine. Après avoir fermé la porte, je me tournai vers Ava Gardner, pardon, non Eva Monet. Elle était plantée là, derrière moi attendant mon invitation.

— Installez-vous, café ou thé ?

Elle prit place sur le canapé.

— Thé puis café s'il vous plaît !

Je me marrais intérieurement. Eva me faisait penser au dialogue du film « Quand Harry rencontre Sally ». Si je me souvenais bien ? Harry disait : « il y avait deux genres de femmes, grand train de vie et petit train de vie ! Et Ingrid Bergman était un petit train. » Sally demanda aussitôt: « et moi je suis quoi ? » Harry répondit : « tu es de la pire race. Grand train bien sûr, mais tu crois que tu es petit train ». Bref, j'enfilai un pantalon et un tee-shirt et rejoignis Eva Monet dans le salon.

— Voilà : si nous faisons un rapide résumé de la situation, nous avons : deux morts reliés l'un à l'autre, une menace d'attaque terroriste, avec du matériel militaire et cette jeune fille qui a fini par chanter dans son bain. Vu la tête de Monet, je compris que ce n'était pas le moment de faire de l'humour. Ou peut-être qu'elle n'était pas du matin ? Elle enchaîna tout de suite.

— Je n'ai pas pu rencontrer la mère, elle était HS, sous calmant.

— Et le père ?

— Cancer du pancréas il y a deux ans. Je vous la fais courte. J'ai quand même eu le temps en réquisitionnant la chambre, de voir que le câble de l'ordinateur pendouillait dans le vide et que l'ordinateur avait disparu. Vous embarquez souvent votre ordi sans l'alimentation ? Il est caché quelque part ou jeté dans l'étang. C'était son intuition de flic.

— Donc pendant que j'irai interroger Madame Frontilly et chercher l'ordinateur, vous ferez diversion. Je suis sûre que vous savez très bien faire ça.

Je regardai Eva Monet, les traits tirés par la fatigue. M'avait-elle traité de « diversion » ? Intéressant. Je la laissai poursuivre sans moufter.

— Non pardon, je me suis trompée, je fais diversion et vous, vous cherchez en sondant l'étang discrètement.

— Comment ça, je ne comprends pas ?

— La maison a un jardin et tout au fond un étang. Vous ne pouvez pas le louper. Il y a deux statues antiques, du genre, deux maléfiques gardiennes. Je suis persuadée que la petite ou sa mère y ont caché ou jeté des choses.

— Mais pourquoi discrètement ?

— Je vous rappelle que madame Frontilly est la déléguée du Ministre de l'écologie au gouvernement, et je ne dois pas faire de vague. Eva se souvenait encore de l'appel de son supérieur lorsqu'elle avait interrogé la directrice du Port Autonome. Elle poursuivit. Je sais qu'avec ma menace terroriste j'en ai secoué plus d'un, vous comprenez ?

Elle me souriait avec toutes ses belles dents, j'étais cuit. Nous avons mis en place notre plan d'attaque ensemble. C'était la première fois que l'on se retrouvait si proches durant une enquête. Il fallait fêter cela. Grand seigneur, je lui re-servis un café. Une heure plus tard, sur le départ, elle s'arrêta sur le palier et se retourna.

— Ah Laurens, avant d'oublier, votre jambe, ce n'est pas joli-joli, vous avez consulté ? J'étais grillé et acquiesçai pour rassurer Eva Monet.

— Et vous saluerez aussi pour moi Sacha Boyer !

— Non, non vous n'y êtes pas du tout.

— Allez dire cela à votre frère. Elle s'était trompée de jumeau ? C'est bien ça l'histoire ?

— N'en rajoutez pas.

Je fermai la porte derrière elle « Voilà c'était ça l'humour d'Eva » et me surpris à penser que je l'appelai désormais Eva. Avais-je gagné du terrain ?


**\*\*\*\*\*\*\*\*\*\***


Il était 8 heures lorsque j'arrivai à la Fluve et m'apprêtai à recevoir le savon du siècle pour mon heure de retard.

Mais rien de la sorte. Ce fut un large sourire, un « bonjour Capitaine, avez-vous passé une bonne nuit ? » et c'était terminé. La Commandante Monroe me prenait vraiment pour un con. Pas besoin qu'elle me fasse un dessin, elle préparait un sale coup, c'était évident et je n'allais pas attendre longtemps pour le savoir. Enfin si. La surprise allait arriver quelques jours plus tard. Pour l'heure, Némo venait de pisser dans le local des combinaisons et j'entendais Nadia Menna lui hurler dessus puis Lavialle prendre la défense du pauvre toutou. La

Fluve c'était un monde à part, un véritable microcosme. Cette promiscuité ressemblait à celle que vivent les marins sur des bateaux qui partent plusieurs semaines. La tension de nos missions et le danger qu'il fallait maîtriser en permanence pour nous et pour les personnes à secourir, faisait que nous étions sur le fil du rasoir. Il y avait régulièrement des pétages de plomb. C'était comme une cocotte-minute : il nous fallait décompresser et se lâcher afin de libérer la pression. Nous étions une grande famille et comme dans toutes les familles, il y avait des tensions. Le Commandant Bourdieu avait compris tout cela et sa force résidait dans le fait qu'il arrivait à désamorcer ces frictions et à mettre en avant le talent de chacun. Je me demandai si la Commandante, n'allait pas mettre de l'huile sur le feu afin d'éliminer les plus faibles. Je devais veiller à prendre la suite de Bourdieu, pour nous et pour sa mémoire. Les relations étaient déjà souvent tendues entre notre groupe et les flics de la PJ. Il ne faillait pas en rajouter au sein de la Fluve. Lavialle me vit.

— Nous avons une alerte à la pollution, une maison flottante à Boulogne. Vous venez ?

J'hésitai à répondre, ma jambe était encore à vif et la pommade n'avait fait que très peu d'effet. Mais lorsque je vis la Commandante Monroe se diriger vers nous, je me précipitai vers Lavialle qui comprit aussitôt. Le moteur du Zodiac ronfla. Nous étions déjà loin du ponton du Quai saint Bernard, et je pouvais respirer. Lavaille et Menna sourirent en silence. Je ne me lassais pas de ces virées sur l'eau. Voir Paris au niveau de la Seine était un privilège. Nous étions 6-7 mètres plus bas que la chaussée, et les perspectives sur les monuments étaient très différentes. En voiture, on ne voyait qu'une partie des immeubles et des ponts. Mais dans un bateau, c'était comme si l'on regardait la ville avec le grand-angle d'un appareil photo. Tout semblait plus grand, plus haut, plus majestueux. Notre mission était étendue à Paris et toute l'Ile de France, ce qui représentait plus de 150 kilomètres de voies navigables. Assis à l'avant du Zodiac, je regardais les berges de la Seine. Nous croisions des péniches, des bateaux-mouches, avec leurs lots de touristes qui nous prenaient en photo. Mais un peu plus bas, des mouvements de bras, des hurlements et des injures s'élevaient dans le ciel. Notre vitesse pour nous rendre à Boulogne ne faisait pas que des heureux ! Tous les bateaux et les péniches tanguaient violemment sur notre passage. Mais il fallait faire vite. Dix minutes plus tard, nous étions devant la maison flottante qui perdait par sa coque une auréole de fuel. Nadia Ait Menna accepta cette fois-ci de descendre inspecter la boîte de conserve flottante. C'était le surnom que nous donnions à ce genre de bateau transformé. Il s'agissait du house boat d'une « petite frappe » qui faisait bosser des Roumains ou des polonais pour construire son pseudo loft et sans doute, sa garçonnière. Mal isolée, mal construite, percée de toutes parts. Une véritable passoire. La preuve, sa cuve à fioul fuitait dans la soute. Nous ne l'avions pas arrêté, mais il était sur ma liste, un jour viendrait. Peut-être même aujourd'hui ? En attendant, Nadia Ait Menna disparut. Lavialle profita que nous soyons seuls pour me sonder.

— Dis-moi Laurens, tu vas t'y prendre comment avec la Commandante, parce que je sens qu'elle te prépare une vacherie.

— Qu'est-ce qui te fait dire cela ?

— Elle interroge tout le monde à ton sujet, l'air de rien, mais quand même. Tu devrais te méfier ! Je ne la sens pas avec ses grands airs.

Cela ne me surprenait pas, mais venait confirmer ma crainte. Par où allait-elle attaquer ?

— T'inquiète pas Lavialle, j'en ai connu d'autres ! Merci quand même.

Je lui tapai sur l'épaule.

— Et ton frère, ça va ? Dis donc la petite rousse qui bosse avec lui, avec son petit accent à la Jane Birkin et ses longs cheveux, c'est de la bombe. Je veux bien qu'elle me fasse quelques prélèvements ...

— Calme toi vieux, on verra ça plus tard si tu veux bien.

Je réalisai que cela faisait un sacré bout de temps que je n'avais pas vu mon frère. Ni au Placard, ni à la Fluve et ses collègues non plus. Où étaient-ils ? Et surtout que faisaient-ils ?

Nadia Ait Menna remonta à la surface et arracha son masque.

— Capitaine, y a un macchabé dessous.

Elle avait du mal à reprendre son souffle.

— J'ai tenté de bouger le corps, mais il est ficelé. En tout cas, c'est pour la PJ.

Je soupirais, nous avions encore droit à un remake du film de René Clément « Plein Soleil » avec Alain Delon. Décidément, ce scénario aura inspiré beaucoup de gens. Je vis que Lavialle en avait plus que marre d'être monsieur Cadavre. Alors pour aujourd'hui, je me décidai vite. Une fois la combi sur le dos, je mis mon masque et basculai en arrière dans l'eau froide de la Seine. Tant pis pour mon allergie, au point où j'en étais. Nadia demanda à Lavialle de contacter les cousins des TIC (techniciens en indentification criminelle) et de préciser qu'il leur fallait venir avec du matériel étanche pour une scène de crime subaquatique. On attendait un peu pour savoir si on allait se servir du tout nouveau joujou de la brigade, le Sonar. Même si nous étions en plein mois de juillet, l'eau était encore froide et je regrettai ma combinaison « sèche » pour les périodes de grand froid. Cependant, je n'étais pas dupe, cette frilosité temporaire indiquant un état de fatigue. À deux mètres de profondeur, elle était là, un peu comme une sirène, avec ses longs cheveux dorés, flottant dans un halo lumineux. Nadia Menna avait oublié de mentionner que c'était une femme. Enfin, ce qu'il en restait, car la décomposition était sacrément avancée. La femme reposait sur le dos et le cou plié était retenu par la coque. Elle était dépourvue de vêtements, juste une culotte dont je pouvais voir la marque Chanel ou une imitation que l'on trouvait sur Internet. Son visage était caché par des algues et des herbes qui se mêlaient à sa chevelure. Tant mieux. Je fis attention de ne pas polluer la scène en frottant mon dos sous la coque recouverte de vase, d'algues et de moules. Les techniciens nous retrouvèrent assez rapidement, équipés d'appareils photos étanches et de lampes à acétylène. L'un d'eux sortit sa planche à dessin avec le papier idoine. Il joua de coups de crayon, de lignes et de clair-obscur sur six croquis, quatre de cotés et deux gros plans. Il était préférable que ces professionnels fassent leurs prélèvements. Je voyais mal la Fluve procéder à ce genre d'exercices. De plus, j'avais un coup de crayon nullissime. Au bout de deux demi-heures entrecoupées, ils enveloppèrent les mains, les pieds dans des petits sacs en plastique pour protéger la peau et les empreintes digitales puis me firent signe qu'ils en avaient terminé. Ils nous demandèrent de prendre le relais. Il nous fallait la détacher. Nous remontâmes à la surface.

— Menna, allez dire à Lavialle de préparer la housse.

— Bien Capitaine.

Je repartis sous la coque. Elle n'avait pas bougé et sous les regards des techniciens, je m'employai à défaire les nœuds. À l'évidence, le criminel ne connaissait pas les nœuds marins. J'eus un mal de chien à lui libérer les bras, qui dans le mouvement perdit une main. Nadia Ait Menna qui m'avait rejoint, la rattrapa dans le courant et l'enferma dans un autre sac en plastique. La femme se démembrait de partout emportant des lambeaux de chair à chaque mouvement du sac. La pauvre, ce fut en morceaux que nous la récupérions. Nous avons joué à cette sorte de jeu morbide durant une petite heure avant de refaire surface. Lavialle fut surpris par nos dizaines de sacs.

— Je fais quoi maintenant avec le grand sac ?

Il nous restait la tête, les jambes et le tronc à enfermer dans la grande housse étanche avec l'eau dans laquelle la victime avait baigné. Notre rôle était en partie fini. Comme le réclamait la procédure, il fallait maintenant que la PJ prenne le relais pour l'enquête. Notre participation serait de faire un rapport complet et de témoigner lors du procès, afin de décrire ce que nous avions vu sous l'eau. C'était toujours un peu frustrant de passer la main à nos collègues, sans pouvoir mener l'enquête jusqu'au bout. Mais bon, notre métier était de secourir et de veiller sur ce que l'on surnommait le XXIe arrondissement de Paris. De retour sur le ponton, tout alla très vite. Des véhicules de police et une ambulance de l'IML étaient là et nous attendaient.

**********

Son parfum avait quelque chose de poudré qui me rendait fou. Eva Monet assise devant moi décrocha sa ceinture de sécurité. Nous étions arrivés. J'avais embarqué avec moi Lavialle que j'avais mis dans la confidence. Un portail s'ouvrit à notre annonce et nous traversâmes un petit jardin qui donnait sur une belle maison en meulière du début du XXe siècle. Eva Monet me fit signe de la tête pour m'indiquer que l'étang était dans cette direction. Madame Frontilly, la déléguée du Ministre de l'Ecologie, nous ouvrit la porte. Nous découvrîmes une femme sur un fauteuil roulant, les yeux tirés vers le bas, effondrée par la perte de sa fille mais aussi très handicapée. Une maladie nerveuse dégénérative dont j'avais oublié le nom et qui avait été annoncée dans les journaux. Il n'était pas rare de la voir à la télévision déambuler auprès du Ministre de l'écologie durant ses déplacements, tantôt en béquilles pour les jours heureux ou en fauteuil roulant pour les plus difficiles, comme aujourd'hui. J'avais toujours entendu dire que la perte d'un enfant était ce qu'il y avait de plus infâme. D'un geste tendre, maternel, elle nous invita à prendre le café. Je ne pouvais pas refuser, malgré les gros yeux d'Eva Monet. Ce n'était pas le plan ! Je lui fis signe de ne pas s'énerver, je gérais. On devait faire diversion, oui ou non ? Après un échange de politesse, le café était prêt. Je portai la tasse à ma bouche, lorsque Lavialle qui avait été plus rapide que moi me fit des grands signes me faisant comprendre que le café était imbuvable avant de recracher sa gorgée dans un pot de fleur. Message reçu 5/5. Eva entraina Madame Frontilly dans la chambre de sa fille de l'autre côté de la maison, nous faisant signe d'agir. Nous partîmes dehors au moment où Eva Monet demanda si elle pouvait jeter un coup d'œil dans la chambre de Maëva. Une fois fait, elle remarqua qu'un panier à jouets avait visiblement été déplacé devant la porte du grenier.

Des traces de poussière sur le parquet en témoignaient. Rien ne lui échappait. Eva Monet allait tout inspecter. De notre côté, Lavialle retirait sa chemise tout en marchant, et ajustait dessous sa combinaison de plongée. Tandis que je sortais de mon sac à dos, un masque, une lampe et un couteau pour l'expédition aquatique. De loin, je commençais à apercevoir les deux fameuses statues antiques. De plus prés, elles étaient de très mauvais goût, mais là n'était pas la question, car nous furent stoppés net, surpris. L'étang avait été remblayé. Lavialle ramassa une poignée de terre qu'il roula dans sa main.

— Maxi deux jours !

Peut-être s'agissait-il d'un autre étang ? Nous nous mîmes à chercher, en vain, lorsqu'un chien, cousin du doberman vint à notre rencontre, oreilles en pointes. Je ne savais pas que Lavialle courait si vite : il détala littéralement comme un lapin. Je négociai un retour plus calme avec le toutou qui reniflait mes chaussures. Il devait sentir Némo et cela l'énervait un peu plus. Moi aussi d'ailleurs et je ne tardai pas à rejoindre Lavialle dans le salon en grinçant des dents en direction de l'animal à quatre pattes. Je refermai la porte lorsque j'entendis les deux femmes revenir. Lavialle terminait de reboutonner les derniers boutons de sa chemise lorsqu'Eva Monet m'interrogea du regard. Je lui fis signe que nous avions échoué. Elle tourna la tête brusquement. Elle était contrariée. Madame Frontilly dut s'en apercevoir en lui proposant du café. Lavialle attrapa sa tasse au vol, sans aucun doute pour sauver Eva Monet d'une mauvaise expérience, celle qui peut vous dégoûter à jamais du café.

— Non, non, notre commissaire doit ménager son cœur, elle a déjà bu trois cafés avant d'arriver.

Eva Monet qui n'avait vraiment pas l'habitude que l'on prenne des décisions pour elle, défia du regard Lavialle et lui reprit la tasse de café.

— Cette tasse est aussi réquisitionnée, dit-elle pour détendre l'atmosphère, en buvant le café devant Madame Frontilly qui ne nous suivait plus tout à fait. Entre les calmants qu'elle devait prendre et le chagrin, elle semblait assister à cette scène en spectatrice. Bref, ce fut à cet instant que je vis le côté noir de la personnalité d'Eva Monet, qui tentait de retenir une immonde grimace. En vain, mais elle restait toujours aussi belle.

**********

— Vous auriez pu me prévenir, hurla Eva Monet au volant de sa voiture, sur le chemin de retour.

— Nous l'avons fait commissaire, répondit calmement Lavialle assis à ses côtés. Moi, j'étais puni à l'arrière, comme un enfant.

— Bon, alors que s'est-il passé ?

— L'étang a été remblayé.

— Vous voyez ! J'avais raison. Ils ont été rapides. Ça veut dire que nous sommes sur la bonne piste. Il faut creuser de ce côté-là. Elle se tourna vers moi en me précisant : je veux dire au sens figuré Laurens. Et en plus, elle me prenait vraiment pour une bille. Les pneus grincèrent, elle fit demi-tour en une seule fois sur la route. Lavialle serrait la poignée de la porte tandis qu'à l'arrière, je fus projeté contre la vitre, totalement baladé.

— Tant pis pour vous, vous ne m'avez pas laissé le choix. Elle activa son téléphone.

— Blanchard, pouvez-vous contacter Laurens ?

— Lequel ? L'idiot ou le frère de l'idiot ?

Il abusait pensais-je en silence. Ces gars de la PJ, ils ne se prenaient vraiment pas pour de la merde. Des cow-boys de mes deux !

— Adrien Laurens, la tronche, répondit-elle avant de raccrocher.

Là, j'avais perdu des points, c'était certain et d'un coup, d'un seul ! De retour au domicile de Madame Frontilly, Eva Monet commençait à perdre patience.

— Depuis quand avez-vous remblayé l'étang ?

— Ah, c'était prévu depuis des mois. Vous pouvez retourner la terre, il n'y a rien à cacher.

— Madame, je suis désolée, nous allons procéder à une perquisition.

Je remarquai la jugulaire de Madame Frontilly battre fortement. Eva avait vu juste, il y avait quelque chose qu'elle cachait, mais quoi ?

— Faites ce que vous voulez répondit Madame Frontilly avant de fondre en larmes, accablée de chagrin.

— Je suis désolée ! fut la seule et unique réponse d'Eva.

Peut-être que cette jugulaire était le signe qu'elle allait tout simplement craquer et que nous étions des salauds de flics ? On ne faisait toujours pas dans la dentelle. Mon téléphone sonna. C'était Nadia Ait Menna.

— Capitaine, la fille de la maison flottante : c'était une actrice porno. Le propriétaire a tout balancé en cinq minutes. Il faisait un film coquin dans le jacuzzi lorsqu'elle glissa et se brisa la nuque. Classique. Il paniqua et pensa au film, vous savez là, avec Delon.

— Plein soleil.

— C'est ça, c'est ce qu'il a dit. Vous êtes trop fort Capitaine.

Je raccrochai lorsque je vis débarquer Blanchard, l'adjoint d'Éva Monet, mon frère et son équipe. Je n'osais pas imaginer l'ambiance dans la voiture. La moindre poussière fut aspirée puis examinée. La maison de Frontilly « nettoyée » jusqu'au moindre recoin et les détails « aqua » analysés par mon frère et son équipe. C'était cinématographique, nous avions l'impression d'assister à un épisode des Experts 2.0. Joffrin sortait de ses mallettes de quoi sonder la terre qui recouvrait l'étang. Prélèvement, sonde, etc, tout était utilisé pour retrouver des traces d'eau. De son côté, mon frère procédait à la recherche d'indices dans la chambre de la jeune Maëva Frontilly. Je le voyais renifler ses affaires et demander à Mary-Ann Clark qui venait de le rejoindre avec ses buvards de prélever toutes traces de sueurs. Puis il s'enferma dans la salle de bain.

À travers la porte close, il interrogea madame Frontilly toujours prisonnière de son fauteuil. Dans le couloir, encadrée par deux officiers, elle restait à disposition.

— Votre fille plutôt douche ou baignoire ?

— Je ne sais pas ! Les deux, je suppose.

Il grimaça en ouvrant la bouteille de parfum qu'il consigna, puis regarda dans la douche. Ses paupières fronçaient en découvrant des traces de tartres naissantes sur le pommeau. Il recula et passa sa main dessus. Il était sec, pas une goutte. Cette fois-ci, il s'accroupit et tendit le bras dans une trappe pour dévisser le siphon du lavabo. Il regarda à l'intérieur pas la moindre trace d'eau. À l'évidence la petite n'avait pas mis les pieds dans cette salle de bain depuis un paquet de temps. Il retira ses gants et ouvrit la porte sur Mary-Ann Clark et Pierre Joffrin.

— Pas la peine de récupérer les gouttes du robinet ou de la douche, en revanche tentez de retirer ce que vous pouvez de la brosse à dents. Blanchard ne put s'empêcher de lever les yeux au ciel. Adrien lui marcha sur les pieds au passage.

— Oh, pardon, vous étiez sur ma trajectoire.

Blanchard avait tout juste envie de lui exploser le crâne contre l'applique rococo qui décorait le couloir. Mon frère me regarda avec un sourire conquérant : je lui trouvais un air débile. Il s'engouffra dans la cave pour inspecter. Je les suivis jusque dans le sous-sol et fus surpris, ou plus exactement attiré par des bocaux faits maison de haricot-blancs. C'était un de mes souvenirs d'enfance lorsque ma grand-mère Béarnaise nous faisait sa soupe gasconne, sa fameuse garbure. Je chipai un bocal, ni vu ni connu, personne ne s'en plaindrait.

Je ne fus pas le seul à voler quelque chose. Eva Monet qui interrogeait madame Frontilly lui fit part de son étonnement de ne pas voir l'ordinateur de sa fille sur le bureau alors que les connectiques et l'imprimante étaient sur la table à côté. Frontilly balbutia qu'elle se souvenait d'avoir été cambriolée quelques semaines plus tôt. Je vis mon frère percevoir du mensonge et d'un coup d'oeil, inciter Mary-Ann Clark à dérober le mouchoir sur lequel la déléguée de l'écologie avait éponsé ses larmes. Le tour était joué. Mary-Ann Clark se mit à l'écart avec Pierre Joffrin et tous les deux procédèrent aussitôt à l'analyse du mouchoir. Ils ne furent pas étonnés de constater que la déléguée appartenait à la catégorie « tension-mensonge ». Alors méfiance. Madame Frontilly à l'évidence protégeait sa fille, comme toute mère l'aurait fait. Elle savait quelque chose, mais

145

quoi ? Sur le chemin du retour, Eva reçut les résultats du laboratoire. Elle les appela pour demander des précisions. Elle semblait avoir bien compris que l'ADN du petit ami de Maëva provenait d'un jeune homme d'origine d'Afrique du Nord. La piste de Mohamed Saidi revenait. Encore une fois, on trouvait des traces d'explosifs. Mais toujours rien pour définir les terroristes. « Islamiste intégriste » cela semblait la piste la plus évidente, mais Eva ne partagerait pas cette thèse. Il y avait une incohérence entre le niveau professionnel du QG situé sous l'opéra et l'inexpérience de celui qui avait procédé à la fabrication de la bombe et à la décapitation du Ministre Marouel. Blanchard lui n'excluait pas la piste islamiste. On savait bien qu'il y avait plusieurs niveaux chez ces terroristes. Du simple d'esprit qui n'avait jamais égorgé et qui décidait de le faire avec un cutter, au spécialiste surentrainé qui maniait le couteau de préférence à la lame abîmée pour accroître la torture morale. Il n'avait pas tort. « *Oui, ... Mais* ! » deux mots que l'on pouvait voir sur le visage d'Eva Monet. Elle se souvenait encore de ce qu'avait dit l'épouse du Ministre : la maîtresse écoutait de la musique et ce fut ce qui l'avait fait réagir ce soir-là à l'Opéra Garnier. Le doute demeurait quant à l'origine de la menace terroriste. Les éléments de l'opéra allaient parler, en attendant, la petite Maeva demeurait au cœur de tout. Mais encore une fois, cela était une certitude, elle n'était pas la meurtrière. Donc nous revenions à la case départ. Quelle direction prendre ? Me demandais-je. J'eu le malheur de poser une question stupide.

— Mais est-il possible que le meurtrier soit une meurtrière ?

— Je l'ai toujours dit, il y a le génie et l'idiot ! balança Blanchard en ma direction.

Blanchard rythmait avec « revanchard ». J'étais peut-être idiot, mais je voyais bien qu'il y avait de la tension entre lui et Eva.

Après le passage de tout le monde, je m'aventurai tout seul dans la chambre de la victime récupérant dans la poubelle un livre de contes pour enfants. Je fus surpris. Maëva n'était plus une gamine. J'ouvris le livre et remarquai que plusieurs pages avaient été déchirées. Lesquelles ? Je feuilletais jusqu'au glossaire : le Petit chaperon rouge, le canard noir, le petit Poucet, la petite poule rousse, les magiciens de Brême, ... La liste était longue. Je m'arrêtais sur le titre du « Joueur de flûte de Hamelin ». C'était quoi déjà son histoire ? À cet instant, lumière ! Je pouvais remercier mon institutrice de CP, elle m'avait bien initié aux contes. Bingo ! J'avais le lien. Il me fallait le dire à Eva Monet de toute urgence. Et là, j'allais récupérer tous mes points.

À l'entrée de la maison, j'en étais certain : ce mouvement terroriste avait un contrat avec le Ministre de l'écologie, car le conte pour enfants racontait l'histoire suivante. Un joueur de flûte débarrassait la ville de rats en échange d'argent et d'or. Le maire ne tint pas sa promesse. Furieux, le joueur décida d'emmener tous les enfants de la ville se noyer de la même manière qu'il avait fait avec les rats. Eva Monet me regarda un instant et pris le temps de me répondre.

— Donc si je comprends bien, le Ministre de l'écologie était le maire et les terroristes avaient le rôle du Joueur de flûte ?

— Exactement.

Elle réfléchit de nouveau puis décrocha son téléphone.

— Les dossiers du Ministre, où sont-ils ? ... Ok ! ...
On y va ! ... Et que personne ne touche à quoi que ce
soit ! Blanchard vous venez avec moi.

Elle disparut sans rien me dire, ni merci, ni bravo, ni
quoi que ce soit.

— Ah, les femmes ! me dit mon frère qui venait de
me rejoindre. Dans ses mains, un sac plastique et
dans le sac plastique un ordinateur baignant dans un
liquide maronnasse. Il ajouta :

— C'était planqué dans l'aquarium !

## 9

En passant devant le « Placard », j'entendis Pierre Joffrin confirmer que dans peu de temps, il arriverait à faire cracher l'ordinateur. Rien ne lui résistait, ce n'était qu'une question de patience. Eva Monet de son côté interrogea madame Frontilly. Avait-elle caché le portable de sa fille ? Elle répondit par la négation. Dans le doute, Eva Monet lui demanda les empreintes de ses doigts pour faire une comparaison dans le cas où l'on retrouverait les mêmes sur l'ordinateur. Il y eut un premier résultat : la machine de Joffrin avait déjà confirmé que l'ordinateur avait été jeté dans de l'eau stagnante : de l'eau douce et sale. Sûrement, l'eau de l'étang. Ça, nous le savions nous aussi ! Mais pas de traces de doigts féminins, même pas ceux de Maëva ? L'ordinateur avait été nettoyé avec précaution. Sans doute pour effacer toutes les informations. Mais Joffrin restait optimiste. J'aimais bien le caractère de ce bonhomme. Et c'était drôle de regarder mon frère et ses deux collègues travailler au milieu des ordinateurs et des tubes remplis de liquides. Il y avait là toutes les couleurs, comme dans une boîte à crayon pour un enfant. Visiblement, cette « mémoire de l'eau » semblait leur parler. Ils étaient là, dans leur monde à la fois scientifique et fantastique. Il y avait une vraie connivence entre ces trois-là. Mais cela allait au-delà de l'amitié et du respect que nous avions au sein de la Fluve. On sentait qu'ils partageaient quelque chose d'unique, quelque chose que les autres, nous autres, ne pouvions pas comprendre. La jolie rousse semblait regarder mon frère avec ce petit truc dans l'œil. Y avait-il quelque chose entre les deux ? Elle était ravissante et son petit accent anglais devait en rendre fou plus d'un. Mon regard s'arrêta sur Salomon tout timide. Je savais que j'avais perdu son attention, tout comme Lavialle. Tous les deux ne cessaient de regarder la courbe de Mary-Ann lorsqu'elle remettait la prise dans la rallonge trainant devant leur « Placard ». À peine avait-elle tourné les talons, que Salomon enroulait la prise au cou de Némo frétillant de la queue en attendant un petit bout de brioche. Il était comme cela Némo et face à son destin, il ne pouvait résister et d'un coup de langue avala tout rond le morceau tout en tirant sur la rallonge, la débranchant. Salomon et Lavialle tapèrent dans leurs mains en signe de victoire. Mary-Ann déboulait de nouveau, furieuse pour la rebrancher.

— Ahhh ce Némo alors ! lança Salomon faussement compatissant envers Mary-Ann qui se pencha encore... Le regard sombre. Etait-elle naïve à ce point-là ?

Je les saluai et repartis en direction de mon bureau. Je croisais la Commandante qui me sourit. Je lui souris en retour, mais en forçant un peu le trait. Etait-elle dupe elle aussi ? Sûrement pas, et moi non plus d'ailleurs. En posant mes affaires, je trouvai sur mon bureau une petite enveloppe d'une couleur de celles que l'on utilisait pour les bulletins de vote, d'un rose saumon. Je dépliai la feuille qui y était pliée en deux. C'était une convocation à l'épreuve d'aptitude médicale. J'entendis du ponton, Télézio grogner, puis Bastiani, qui avait reçu la même. Il n'y avait que Nadia qui acceptait cela avec calme. Nathan reconnaissait là, une manipulation de sa mère, avide de contrôle jusqu'à la couleur de notre urine ! Mon passage était prévu dans quatre jours. Ma main composa le numéro de l'hôpital illico. Il y avait urgence.

Dans sa salle de soins aseptisée, il prit place devant moi après avoir ausculté ma jambe. Pas d'évolution notoire depuis notre dernier rendez-vous.

— Docteur, vos crèmes et médicaments ne font rien et il me faut trouver une solution rapidement.

— Vous prenez l'anti-allergique tous les jours ?

— OUI

— Et cela a-t-il altéré les effets ?

— Non.

Il souleva mon dossier qu'il posa devant lui et lut en silence tout en vérifiant les résultats de mes analyses de sang. Puis il prit une feuille blanche et commença à y dessiner avec la pointe de son stylo Bic bleu un dessin. Il passa dix minutes à m'expliquer que mon derme était irrité par le contact non pas de l'eau, mais des microorganismes, des minéraux et des substances qu'elle contenait. Ou encore une hypersensibilité aux ions présents dans l'eau non distillée. Ok, mais y avait-il un traitement plus radical ? L'origine de cette maladie était inconnue, donc très peu d'alternatives pour résoudre cette allergie. Pommade et pilules anti-allergiques, c'était tout. Il me demanda si mise à part mon irritation, j'avais des lésions ou des plaques rouges sur le corps ? Non, je ne me grattais pas. Est-ce que je buvais de l'eau normalement ? Oui ! Il réfléchit de nouveau puis repri. Cette information était plutôt encourageante. Je n'avais pas la forme la plus virulente. Mais handicapante tout de même, surtout pour une personne qui ne travaillait pas dans un bureau climatisé. Il me rassura en me disant que dans les troubles les plus graves il y avait l'hydrocution et une noyade en cours de baignade.

Les dossiers étaient triés par dates et empilés comme des murets au milieu du bureau du Ministre de l'écologie. Blanchard et son équipe sont entrés et ont embarqué les paquets. Eva Monet, elle, continuait d'inspecter le bureau, les peintures, les objets. Même les vieilles tapisseries. Elle tournait comme un lion en cage ou un aigle au regard perçant. Rien ne devait lui échapper. Elle semblait scanner la pièce et mémorisait tout. Une fois terminée, elle rejoignit la secrétaire dans son alcôve. Cette dernière qui appréhendait ses questions, tremblait déjà derrière son bureau.

— Nous avons tous les dossiers ?

— Oui madame la commissaire, je me suis permise de trier par années.

— Bien, bonne initiative. J'aurai aussi besoin de votre ordinateur.

La secrétaire échappa un petit « ah » d'étonnement puis laissa sa place à Blanchard qui prit le soin de tout débrancher, sans oublier de regarder les fines chevilles de la demoiselle. Eva Monet qui le surprit écrasa sa main attrapant une prise avec le talon de sa botte. Blanchard grimaça de douleur.

— Oh pardon Lieutenant. Je vous ai fait mal ?

Nul besoin de se poser la question de qui dominait qui ? À moins que ce petit jeu...


**********

Assis sur le ponton de la Fluve, je regardais mes palmes. J'avais quatre jours pour camoufler ma lésion. En attendant, j'avais pris soin de recouvrir entièrement mon corps d'huile de paraffine. J'avais trouvé cette astuce sur un blog « Ces huiles qui ont sauvé ma peau ». Résultat, j'étais gras comme un saumon.

— Capitaine, tout va bien ? Me demanda la Commandante qui apparut derrière moi sur le ponton.

— En pleine forme, j'allais vérifier la coque de « l'Ile de France ».

— Ah, oui vous avez tamponné le quai la dernière fois ?

— Non c'était un tronc d'arbre.

Et je plongeai. Toujours à chercher l'erreur humaine celle-là ! Au moins sous l'eau je ne pouvais pas entendre ses reproches. Comme souvent, l'eau était très foncée, on ne voyait pas à plus de 50 centimètres. Cela me faisait sourire. Je me souvenais de ce président de la République qui avait affirmé que l'on pourrait se baigner dans la Seine ! C'était une déclaration qui datait d'il y a au moins 15 ans... À l'aide de ma lampe, je longeais la coque de notre remorqueur, caressant avec ma main gantée les courbes et inspectant les soudures et plaque d'acier de 8 millimètres d'épaisseur. Mises à part quelques bosses, rien de grave. Ce qui n'était pas le cas de ma situation, car si j'échouais à l'épreuve d'aptitude physique, c'en serait terminé pour moi de briguer le poste de Commandant et peut-être même perdre celui de capitaine. Après toutes ces années de service et de dévouement. J'avais l'impression de me retrouver des années en arrière, quand jeune militaire, je passais l'épreuve des « trois jours ». Beaucoup voulaient se faire exempter, mais d'autres comme moi nous voulions en faire notre métier. Puis à l'armée, en rentrant des missions à l'étranger, les contrôles à l'hôpital militaire du Val de Grâce, je n'avais jamais rien chopé. J'avais traversé des périodes difficiles en Afrique, sauvé des vies à la Brigade Fluviale, ce n'était pas pour me faire recaler à cause d'une stupide allergie. Je ne savais pas si je devais sourire ou au contraire me révolter. Je remontais à la surface. Le ponton était désert, la voie était libre. J'avais trouvé une solution. Repos chez moi et badigeonnage de crème pendant les quelques jours qui me restaient. L'huile de paraffine semblait faire de l'effet. Je ne sentis aucune brûlure, ni aucun « flash » d'aucune sorte.

**********

— « Comme un poison dans l'eau ». Tu ne trouves pas ce titre étrange ? demanda Eva Monet en train d'éplucher les dossiers qui assiégeaient son bureau.

— Faute de frappe ! répondit Blanchard sans lever la tête.

Eva tapa le titre dans Google Search. Le moteur de recherche moulina avec ses petits dessins animés puis...

— Bingo ! Eva Monet se propulsa en arrière sur son fauteuil, l'air satisfaite.

Elle venait de tomber sur un article dénonçant la pollution d'une rivière. « Comme un poison dans l'eau ». Eva téléphona au journaliste qui avait signé le papier. Ce dernier lui avoua que cet article lui avait été commandé par le Ministre lui-même. Ce fut un grand succès facilitant son embauche au grand quotidien Parisien. Eva Monet se souvint alors de cette pollution qui avait en effet défrayé la chronique quelques années plus tôt. L'entreprise de cosmétique « Iloa » avait été mise sur la paille comme celle des tubes fluorescents FluoXorm.

— C'était bien ILOA qui avait empoisonné la rivière avec du mercure ? demanda Eva Monet.

— Au départ, c'est ce que nous avons tous cru. Mais quelques années plus tard, nous nous sommes rendu compte que ce n'était juste qu'un excédent de produits ménagers évacués par une usine de dentifrice. Ils avaient fait le ménage de printemps en rinçant leur fond de cuve. Autant dire qu'aucun poisson n'était mort et qu'ils avaient sûrement depuis cet incident de jolies dents blanches. Ils ont été manipulés, encore une fois. C'était au moment du remaniement ministériel, la valse des Ministres et la loi des pollueurs/payeurs.

Eva Monet resta silencieuse au bout du fil. Mais la piste d'une menace terroriste venait de s'effondrer avec cette révélation. Elle était belle et bien engluée dans une boue de magouilles politiques. Eva avait désormais une question et une seule personne pouvait y répondre : Madame Frontilly, la mère de la jeune chanteuse d'opéra décédée. Eva Monet savait qu'il lui fallait attendre le lendemain, car l'enterrement de Maëva avait lieu aujourd'hui.

— Et si nous allions faire un tour au cimetière de Vaucresson ? dit-elle tout en se tournant vers Blanchard.

Il ne put résister au petit sourire malicieux qu'elle affichait. C'était le signe qu'elle avait une piste. Ses yeux brillaient, elle était excitée. Lui aussi d'ailleurs, il décrocha le téléphone.

— Tu me donnes l'adresse du cimetière de Vaucresson s'il te plaît ?

20 minutes plus tard, ils furent invités contre toute attente au pot qui suivit la cérémonie. C'était plus fort qu'Eva, elle ne put s'empêcher de poser des questions du genre : étiez-vous proche des dossiers

du Ministre ? Depuis combien de temps le connaissiez-vous ? Saviez-vous qu'il avait une maîtresse ?

— Non, répondit madame Frontilly.

Blanchard se demanda si Eva Monet réalisait à quel point ses questions étaient déplacées. Il la laissait faire tout en se demandant si Monet ne cherchait pas la maitresse du Ministre en la personne de madame Frontilly ? C'était absurde, elle était laide comme un hareng. Eva Monet faisait fausse route, mais elle poursuivit.

— Pas de double vie, des tiroirs secrets, des visites parfumées ?

— La vie personnelle de mes collaborateurs ne me regarde pas.

— Vraiment ? Alors vous préférez les dossiers ?

— C'est exact.

La discussion prenait une tournure que Blanchard n'osa pas stopper. Madame Frontilly commençait à perdre patience. Mais Eva Monet insista.

— Bien, alors vous allez pouvoir me répondre concernant les lois votées. Participiez-vous à leur élaboration ?

Un homme s'approcha d'eux. Il s'agissait sûrement du grand frère. La ressemblance était frappante : long nez tordu qui descendait jusqu'à la commissure des lèvres.

— Madame la Commissaire, s'il vous plaît, ce n'est ni le lieu ni le moment de procéder à un interrogatoire. Je vous rappelle que madame Frontilly vient d'enterrer sa fille aujourd'hui et quinze jours avant, son collaborateur le plus cher.

Eva Monet réalisa qu'elle avait loupé l'enterrement du Ministre Marouel. Quelle idiote, c'était même elle qui avait fixé la date du retour de la dépouille après tous les examens réalisés pour trouver un indice supplémentaire. Mais aujourd'hui Eva devait repartir avec sa réponse. Elle fut directe et sans un gramme de compassion.

— Est-ce que l'article « comme un poison dans l'eau » a servi à votre ministère comme levier pour la nomination du Ministre Marouel à l'écologie avec l'application d'une nouvelle loi sur les pollueurs/payeurs ?

Le visage de madame Frontilly se figea comme un masque de vérité. Eva Monet avait vu juste. Elle s'apprêtait à tourner les talons lorsque madame Frontilly lui saisit le bras pour lui chuchoter.

— Vous ne pouvez pas comprendre. Laissez tomber, les ordres venaient aussi d'en haut.

Sur le petit chemin en graviers, Eva Monet sut qu'elle devait interroger le Ministre de l'intérieur. Mais d'ailleurs comment s'y prenait-on ? Même pour une femme commissaire de police, il y avait tout un protocole à suivre. Et encore une fois, sa hiérarchie n'allait pas apprécier. Tant pis, après tout, il n'y avait que la vérité qui comptait.

**********

Je prétextais un problème de famille pour poser quelques jours de repos. Est-ce que la Commandante suspectait quelque chose ? Peu importe, je devais me rétablir au plus vite. Un peu de calme, sans me douter qu'Eva Monet me préparait une tempête. Je devais me changer les idées et quoi de mieux que de faire un peu de pâtisserie ! Ma grande passion depuis toujours. Je savais déjà que pour ma retraite, je commencerai une nouvelle vie autour de mes gâteaux. Et oui, l'image du flic obscur et torturé en prenait un coup. J'étais un flic humain et gourmand.

Dans le cadre de la commission rogatoire, Eva Monet proposa d'envoyer une convocation au Ministre de l'intérieur avec comme motif « affaire vous concernant », Blanchard tiquait, c'était tout de même un Ministre. Peu importe Ministre ou Président, il était tout à fait capable de fournir des renseignements. Il fallait juste être clair et précis dans la rédaction des faits, et sans aucun doute diplomate ajouta Blanchard qui proposa plutôt la formule « Citation à Témoin » et proposa de la rédiger.

— De toute manière, s'il refuse, ce sera au Proc de décider.

— T'es raide !

— Tu as raison et puisque tu valides, et je te laisse remettre la convocation en main propre, ajouta Monet. Blanchard soupira et décrocha son téléphone pour prendre rendez-vous.

— Ça va être chaud !

Mais pas le « chaud » qu'il aurait pu espérer dans les bras d'Eva Monet car elle s'était refermée comme une huitre. Elle était même glaciale. Blanchard n'était pas à la hauteur, mais comment le lui dire et devait-elle lui dire ? Elle finit par plier ses affaires.

— Je rentre, mais ... seule.

Il finit par répondre ironiquement.

— Bonsoir, Patron.

Ce soir-là, c'était un torrent de tambourinements qui s'abattit sur ma porte d'entrée. Sacha Boyer. Elle débarquait chez moi. Selon elle, il fallait tout de suite arrêter Eva Monet dans ses recherches. Elle brandissait l'audition.

— Cette petite salope est en train de signer mon acte de mort.

— Sacha, calme toi !

Je compris que non seulement la piste politique allait détruire sa vie, mais qu'il y avait sans aucun doute une rivalité féminine. J'allais chercher de quoi la rafraichir en allant à la cuisine. Le nez dans le frigo, j'hésitais entre un coca ou un Gin-tonic. Je l'entendis sangloter tout en s'affalant dans le sofa. Un Gin l'assommera un peu plus. Je pris deux bouteilles, lorsqu'en arrivant dans le salon, je la vis se blottir dans ses bras ... À lui.

— Louis, je t'en supplie, aide-moi !

— Non, Louis c'est moi, et celui qui tu presses contre ta poitrine, c'est... Adrien !

Sacha s'éjecta de son emprise, tandis qu'Adrien souriait.

— Tu avais raison Sacha, il était temps que je rase cette barbe !

Elle le fusilla du regard avant de claquer la porte.

— Ah, ma femme ! Quel tempérament.

Je regardais la scène, la bouche encore béante.

— Mon Gin-tonic avec deux glaçons s'il te plaît, ... Frangin !

La porte s'ouvrit de nouveau dans un coup de vent qui emporta mon courrier négligemment posé sur la table d'entrée. Sacha fit irruption dans la pièce, droite devant nous. Pour être totalement franc, je craignais le pire. Sacha était encore vivante dans nos cœurs à tous les deux. Enfin, relativement vivante, car elle appartenait à mes rêves passés. Mais du côté de mon frère, je pouvais aisément deviner que pour lui, cela pouvait jouer les prolongations.

— Je crois que vous savez parfaitement pourquoi je reviens.

Je trouvais sa mise en scène fascinante, comme les actrices américaines des années 50. Les cheveux en pagaille l'auréolant d'un charisme certain, avec la jupe fendue sur ses jambes, pieds nus. Je cherchais le film de référence « Tous en Scène » avec Cyd Charisse », ou Brigitte Bardot dans « Et Dieu créa la femme ». J'étais proche, sur le point de trouver, et pourquoi pas « Le temps d'aimer, le temps de mourir » ! Quand mon frère applaudit en regardant sa femme.

— C'est ton prologue ma chérie, tu es magnifique ! Fin de la Comedia del'Arte.

Nous étions d'accord, elle en faisait trop, mais ce qui m'intriguait, c'était de savoir si mon frère allait jouer la scène 6 de l'acte III.

— Je vous déteste !

Cette discussion, comme toutes celles qu'on pouvait avoir en pleine nuit, était exagérée et pleine de lieux communs. On enfonçait des portes ouvertes en ayant l'impression d'avoir les uns et les autres, raison. Mon frère et moi n'étions d'accord que sur peu de choses. Je me souvenais maintenant des raisons qui nous avaient séparés, il y a des années, en dehors de cette femme qui se tenait devant nous. Lui cherchait, ou voulait chercher, la vérité sur nos parents. Moi, je voulais avancer et ne plus penser à ça. Cette mort avait traumatisé notre enfance à tous les deux. Mais nous avions l'un et l'autre fait nos vies... Enfin, ... Professionnelles. Car au niveau personnel et familial, nous étions tous les deux des infirmes. Les femmes, et notamment Sacha, nous l'avaient assez reproché. Adrien et moi étions incapables de nous livrer ou de nous investir de façon sérieuse dans une relation. Avions-nous peur d'une fin tragique avec une femme ? Cela faisait un peu psychologie de comptoir, mais il fallait bien constater que Sacha avait raison. La discussion montait dans les tours... Sacha essayait de nous calmer tous les deux. Finalement, Adrien joua la scène 6 de l'acte III et moi le final, en décidant de les virer de mon appartement. Qu'ils aillent au diable terminer leur nuit ailleurs, l'un avec l'autre ou pas ! Au moment de passer la porte, Adrien se retourna et me regarda avec un air triste.

— Ouvre les yeux Louis, je t'en supplie ouvre les yeux ! Il détourna la tête et suivit Sacha.

Je regardais par la fenêtre les deux silhouettes s'éloigner, ils partaient chacun de leur côté. En repensant aux films que Sacha m'inspirait, je terminai sur le « Mépris » de Jean-Luc Godard. C'était sans doute la notion du regard qui me faisait penser à cela.

## 10

Après le départ de mon frère et de Sacha, Eva Monet débarqua à 1H30. Elle avait un besoin urgent d'un « point tableau » avant de lancer ce qu'elle appelait : sa bombe « Little Boy » faisant référence au nom de la première bombe H qui fut larguée sur Hiroshima. Je devenais de nouveau son complice. Blanchard devait fulminer. Savait-il qu'elle le « trompait » avec moi, l'idiot des deux frères ? Sans doute que non. Nous nous sommes mis au travail en dessinant scolairement un tableau avec des colonnes.

1- Quel mobile et quelles étaient les motivations des terroristes, qui étaient-ils ? Nombreux ou pas ? Selon le matériel et l'armement retrouvé sous l'opéra, ils devaient avoir de gros appuis financiers ? Un financement obscur ? Par qui d'ailleurs ?

2- Ils connaissaient les armes chimiques ?

3- Pas d'indices qui conduisaient à penser qu'il s'agissait d'intégristes islamiques ; peut-être pour brouiller les pistes ?

4- Pourquoi le Ministre de l'écologie ? Et pas un autre ? Etait-ce une mise en garde ? Quel lien entre eux et le ministère ? Qui était le mystérieux homme de la Bastille ? Avait-on retrouvé le témoin qui nous avait baladé ? Toujours pas de trace de la femme du parking ? Et ce fameux Mohamed Saidi qui restait introuvable.

Toutes ces questions, hélas, restaient sans réponses. Nous étions déjà à un mois des évènements et toujours rien. Dans les hauteurs, à l'Elysée et à la Préfecture, c'était tendu. Eva Monet comme tous les autres commissaires, inspecteurs et Commandants étaient aux aguets face à la menace terroriste.

Eva ouvrit un autre document. Le rapport de l'IML de Maëva Frontilly n'apporta pas plus d'éléments à ce que savait Eva Monet, mis à part que la jeune femme mesurait un mètre soixante-dix, qu'elle portait une robe de spectacle, qu'elle avait une parfaite hygiène de vie et qu'elle avait eu un rapport consentant quelques heures avant sa mort. L'ADN avait été prélevé, il ne manquait plus que son analyse. Je fus soulagé d'apprendre que la gamine avait eu un peu de plaisir le jour de sa mort. On restait tout de même humain devant une jeunesse fauchée. Les prélèvements confirmèrent par ailleurs qu'elle n'était pas droguée, tout était négatif. Sa mère pouvait dormir tranquille. Cependant, deux éléments consignés dans les rapports me semblaient curieux. J'avais noté que de l'eau salée se trouvait dans son utérus ; or, elle était tombée dans une eau douce. Avait-elle pris un bain purificateur comme on pouvait le faire dans certains milieux ésotériques ? Ou un bain de minuit à Etretat ? En deux, elle avait été mordue par un animal et pour des raisons quelconques, personne n'avait pris le temps d'analyser plus spécifiquement la morsure pour en connaître l'auteur. Eva Monet contacta le laboratoire. Il était fermé. C'était à cet instant que nous avons constaté qu'il était trois heures du matin. Etait-elle fatiguée ? Non. Ça tombait bien, moi non plus. Je nous préparai deux soupes lyophilisées japonaises pour tenir le coup. Alors quoi d'autre ? Qu'est-ce qui avait été oublié ?

— Vous y voyez clair ? demandais-je à Eva Monet.

— J'attends le résultat de l'ADN du sperme.

— Et pour le reste ?

— Madame Frontilly devrait nous en dire plus, c'est une évidence.

Nous décidâmes qu'elle devait parler et j'étais curieux de voir Eva Monet à l'action après cette nuit blanche. Enfin presque blanche, car nous nous sommes assoupis l'un à côté de l'autre entre 5h et 6 heures de mat. Etrangement, c'est la minuterie de la cuisinière qui nous réveilla.

— Tenez, la douche est par là ! Je lui tendis une serviette en lui indiquant le bout du couloir.

Je la regardai s'enfoncer au fond de la pièce, sa silhouette féminine se dessiner sous mon éclairage tamisé. J'aurais tellement rêvé d'être un de ces petits souriceaux. Eva Monet nue sous ma douche !

Sa main se posa timidement sur le mitigeur puis sur un savon neutre. Eva Monet sous la douche pensait à l'enquête, à la manière dont elle allait interroger le Ministre et la déléguée à l'écologie. Tout cela s'embrouillait sévèrement alors qu'elle devait avoir l'esprit clair. Mais des pensées venaient la troubler. Elle imaginait Louis Laurens lui aussi nu sous la douche. Elle chassa ces prémices de désir en activant l'eau froide. Elle était même glacée. Au bout d'une minute à peine, Eva Monet s'éjecta et tout en se séchant découvrit les pansements et crèmes de Louis. Tiens des anti-allergiques ? s'étonna-t-elle. En sortant de la salle de bains, elle termina de sécher son dos en remontant jusqu'à sa nuque un peu humide.

— Laurens, vous avez réglé ce problème de plaie ? demanda-t-elle en s'avançant dans le salon.

Silence. Un petit mot posé sur la table basse: « Urgence à la Fluve, bon petit-déjeuner ! » à côté d'un thé et d'un café fumant. Elle sourit.

Lavialle n'avait pas pu s'empêcher de m'appeler en urgence. Du ponton, je pouvais entendre les hurlements. C'était Nadia Ait Menna et c'était bien la première fois que je la voyais sortir de ses gonds. Cela devait être grave. En me voyant, elle déversa l'histoire d'un jet. À 1h20 exactement. Nadia Menna était comme cela, l'info était toujours précise. Ils avaient procédé en équipe légère : elle, Nathan Monroe et Télézio à une action de contrôle au milieu de la nuit. Télézio avait remarqué que des bulles d'air s'échappaient d'une barge aménagée en boîte de nuit « Antillaise ». Il s'agissait d'une ancienne péniche découpée que Nathan Monroe connaissait bien. C'était la péniche d'un ancien ami de Bourdieu. Pendant qu'elle me racontait l'histoire, je visualisais la scène.

— Mais bon sang, elle est en train de couler ! remarquait Télézio.

Des rivets avaient dû sauter. Il fallait prévenir au plus vite le propriétaire. Ils tambourinèrent aux hublots, sans succès, tout le monde regardait dans le sens inverse. Ils grimpèrent par les par battages puis déboulèrent au centre de la piste. De nombreux hommes au milieu regardaient les filles en bikini jouer dans une piscine géante. Le « beat » de la musique s'intensifia. Lorsqu'ils entendirent un grand « boum » suivi d'une vague d'eau. La piscine venait d'exploser. Les filles furent emportées dans la cale, mais le pire arriva juste après. Le choc de l'explosion éventra un peu plus la tôle et ses rivets qui sautèrent... Cette fois-ci, l'eau s'engouffrait rapidement. Il fallait évacuer tout le monde. Mais une difficulté était survenue. Nathan partit sous l'eau pour sauver une des danseuses restée inconsciente au fond de la cale. « Encore une fois » il se retrouvait dans la situation d'avoir besoin d'une recharge en bouteille et « encore une fois » Télézio merda avec le sac des bouteilles mettant en danger la vie de Nathan. C'est la seconde fois, la fois de trop ! Selon Nadia Menna, Télézio devait dégager ! Je me tournai vers lui. Je ne pouvais pas faire grand chose, désormais tout le monde savait. Il regardait Nadia en silence puis s'en alla. Dans le regard de tous, je pouvais voir ceux qui étaient pro Nadia et ceux, qui contre vents et marées, défendaient leur camarade. De mon côté, je ne savais pas quoi penser lorsque la Commandante Monroe débarqua. Elle s'étonna de me voir là.

— Je vous croyais en famille ! dit-elle avec une pointe d'ironie.

Ma famille, c'était eux, mais sans elle ! Je repartis. Et cela tombait bien, Eva Monet m'appelait. J'arrivai juste à temps. Comme à son habitude, elle allait s'attaquer à quelque chose d'énorme, cette femme n'avait peur de rien. Je restais dans un coin de la pièce derrière la vitre fumée. Eva Monet était là, menant son interrogatoire auprès du Ministre de l'intérieur, monsieur Breteuil. Très vite, il joua la carte de la transparence. Oui, ils s'étaient disputés avec Marouel au sujet d'une passe à poisson et oui, il s'était retrouvé coincé entre son amie la Directrice du port autonome et Marouel. Bien entendu, il avait pris parti pour son amie et Marouel avait explosé de colère. Encore cette histoire, se dit Eva Monet. En sortant deux heures après, elle demanda à Blanchard les comptes du Port Autonome auprès de la Cour des comptes. Quelque chose la dérangeait. Ça se voyait à son front et à ses fines rides aux coins des yeux. Cela avait du-être éprouvant. Eva avait transpiré, je pouvais voir ses petits cheveux collés au-dessus des tempes. Mon regard s'arrêta sur Sacha qui était venue accompagner son Ministre. Elle m'évita et partit avec lui, la démarche nerveuse. Frontilly savait peut-être quelque chose ? en avait déduit Blanchard. Eva en avait plus que marre de cette bourgeoise, de sa chaise roulante et de son pavillon. Elle leva les yeux au ciel.

— Vas-y toi !

Moi aussi j'étais fatigué et ces quelques jours de repos furent les bienvenus. Mais au bout de la troisième journée enfermé chez moi, je commençai sacrément à ne plus pouvoir respirer ma propre odeur. Il me fallait m'aérer et faire un peu d'exercice. Je regardai la météo : c'était parfait : soleil toute la journée. Une petite escalade, pourquoi pas le Sacré-Cœur? Je décidai d'y aller en courant en longeant les quais lorsque je fus surpris par un jet d'eau de jardin. Ce ne fut que trop tardivement que je vis des milliards de gouttes propulsées sous un magnifique contre-jour, mais toutes tombèrent dans la même direction : moi. A cet instant, je fus saisi par une multitude de sons et de « flashs » lumineux blancs. Je perdis mon équilibre pour tomber et me retrouver dans un trou noir, puis blanc. Merde, j'étais en train de me taper une crise cardiaque et ce tunnel devait être l'annonce de mon arrivée... au paradis ! Car ce fût une jolie poitrine qui m'accueillit.

— Monsieur, monsieur, réveillez-vous !

Une ado de 16 ans était penchée au-dessus de moi, aussitôt rejointe par des promeneurs. Je me redressai, un peu sonné, puis repartis chez moi. Une baisse de tension ? Cela tombait mal à la veille de mon examen de santé. Lorsqu'Eva Monet m'appela pour me dire que comme par hasard, Madame Frontilly avait quitté la région parisienne pour se reposer dans le sud-ouest chez une cousine lointaine, je sus ce qu'elle allait me dire et en fut soulagé par avance.

— Ne m'attendez pas ce soir, je file au pays du cassoulet. J'avais à peine raccroché que je cherchais quelques témoignages sur des blogs de personnes souffrant de la même maladie que moi. Je ne m'y retrouvais pas du tout. Les symptômes ne correspondaient pas à mes « flashs ».

**********

L'allée était déjà couverte de lilas, une floraison prématurée, se dit Eva qui poussa une grille entrouverte. Elle avança de quelques pas lorsqu'une voix la stoppa nette.

— Commissaire, vous pouvez faire demi-tour, votre présence ne nous est pas indispensable.

— J'aurai juste une petite question.

— Ma sœur est souffrante, une spondylarthrite ankylosante sévère qui transforme sa colonne vertébrale en tige de bambou. Le rapport du médecin est très clair et le facteur stress aggrave son état. Tout comme la pression ou harcèlement que je ne manquerai pas de signaler et de communiquer auprès des juges. Voici ma carte au cas où vous ne l'avez pas encore compris.

Eva Monet prit la carte tendue et lut : Maître Bernard Frontilly, avocat au barreau de Bordeaux. Eva n'avait pas de temps à perdre, il lui fallait blinder son champ d'action, de demande de réquisition, de dérogation et de perquisition. Dans le train pour Paris, elle passa les coups de téléphone lorsque Blanchard lui annonça que les comptes du Port Autonome venaient d'arriver. Eva se préparait à une nuit blanche. Encore une.

**********

Il fallait que j'en ai le cœur net. Pourquoi l'eau avait-elle, soudainement cet effet sur moi ? Je tressaillis en voyant ses gouttes s'échapper par milliers de mon pommeau de douche et tomber sur ma peau. Comme si l'action était au ralentie, je les voyais s'écraser et s'enfoncer sur mon épiderme, mon derme et entrer en moi en me délivrant une information : une douleur vive. L'eau au premier contact me brûlait puis m'électrisait les nerfs pour après m'injecter des « flashs » lumineux. Tout cela mélangé, , déclenchait des tremblements tellement forts que je ressortis exsangue. Ce soir-là, ce fut en rampant que j'atteignis mon lit pour m'y effondrer de fatigue. Saloperie de maladie.

**********

— C'est quoi ça ? Derrière son bureau, Eva agitait une feuille en direction de Blanchard qui plissa les yeux.

— Cette feuille ? demanda-t-il en s'approchant et en fronçant le nez. Mais elle est blanche ?

— Ben justement ! Ce sont les comptes généraux et rien n'apparaît dessus! Etrange et suspect, comme toutes leurs dépenses pour des cadeaux clients. Le Port Autonome n'a pas de concurrents que je sache ?

— Ben, je crois qu'ils ne sont pas comme les Anglais, donc en effet pas de concurrents !

— Tu as vu aussi leurs dépenses en communication ? Faramineux alors qu'ils ne sont que 365 fonctionnaires pour toute la France.

— Ah, oui plusieurs centaines de milliers d'euros ! Ben, au moins on communique bien chez eux !

— Y-a-pas que ça, les frais de déplacement aussi. Madame Tokbac aime le voyage ! Et cette ligne, là ?

— Deux cent mille euros ? C'est une blague !

Il y avait une dizaine de lignes de dépenses sans jamais de justificatifs ou à l'inverse des justificatifs disproportionnés par rapport à la mission des fonctionnaires du Port Autonome et des VNF, les voies navigables de France.

— Elle est cuite ! bondit Eva. Blanchard savait que demain la Directrice allait passer à la casserole. Elle allait devoir parler ou frire comme une carpe.

J 4. C'était mon tour. Je passai le test d'aptitude physique sans problème et cachait ma lésion sous un énorme pansement.

Ces tests étaient très différents des épreuves que l'on passait à l'armée. Le service militaire n'était plus obligatoire depuis presque 20 ans, mais à l'époque, nous avions tous fait nos classes. Cela faisait presque partie de notre formation, comme pour les Pompiers de Paris. Nous faisions des parcours du combattant, avec des murs à escalader, des cordes à grimper, 15 mètres à ramper... Il y avait de la marche avec des sacs d'une dizaine de kilos. C'était dur, mais cela restait de bons souvenirs. Aujourd'hui, il fallait, outre les épreuves de piscine et de bateau, s'entraîner une heure par jour à plonger et à faire de la course à pied. Et cela, quelle que soit la météo. En hiver, certains de nous traînaient les pieds ou les palmes pour aller nager et courir. Les journées étaient déjà assez longues et souvent, nous repoussions certains entraînements au lendemain.

La partie piscine se passa mieux que pour Télézio. Après m'être tartiné d'huile de paraffine, je débutais par les 200 mètres nage libre, puis le mannequin à tirer dans l'eau pendant une minute. J'avais beau avoir la forme, je n'avais pas la « caisse » de mes 20 ans ! Je crachais mes poumons. La suite était plus facile et dans mes cordes : l'épreuve d'apnée et les nages avec palmes et bouteilles. J'étais comme un poisson dans l'eau. Finalement tout se passa bien. Pas de surprise, pour Télézio dont nous savions déjà l'issue avec son « masque noir », et pour le reste de l'équipe. RAS, sauf pour mon ami Lavialle qui échoua au test avec le psychologue qui l'avait jugé trop anxieux et nerveux. Il avait passé la nuit à potasser la réglementation fluviale. Déjà à l'armée ; ce genre d'interrogation écrite lui tapait sur le système. Lui se voyait comme un homme de terrain, et « ces foutus tests étaient pour les planqués dans les bureaux »... Il était furieux et demandait qu'on lui donne des palmes et des bouteilles et il leur montrerait ce qu'il savait faire sous l'eau... La Commandante Monroe s'étonna aussi.

\*\*\*\*\*\*\*\*\*\*

Des banderoles vertes flottaient au-dessus d'un pont reliant une banlieue chic aux berges de la région parisienne. Des élus locaux, des journalistes et Madame Tokbac étaient réunis pour célébrer l'inauguration d'un pont. Eva Monet apprit que ce pont avait été rehaussé de quelques centimètres pour laisser passer les péniches et les pousseurs dits « grands gabarits ». Eva Monet s'étonna, il lui semblait en avoir déjà vu passer ? Mais bon, là n'était pas la question. Elle partit coincer madame Tokbac entre deux verres de champagne et quelques politesses. Cette dernière finit par lui avouer avoir eu un conflit avec le Ministre. En effet, elle avait eu comme projet de créer une passe à poisson. Eva Monet était déjà au courant. Mais ce qu'elle apprit résuma assez bien sa lecture des comptes. Le

Ministre de l'écologie aurait détourné puis utilisé l'argent pour un autre projet, repoussant la création de la passe à poissons. Or la directrice avait formulé de façon claire et urgente son besoin. Elle lui avait réclamé le retour de cette somme. Il avait répondu aux abonnés absents ! Mais de là à le tuer... Non ! Tout cela semblait ridicule.

En partant Eva Monet croisa un propriétaire de péniche qui, l'alcool aidant, râlait.

— Applaudissez ! Mesdames et messieurs. Et sachez que ce pont a été surélevé de 15 centimètres pour faire passer les grands gabarits, mais bientôt, il faudra le re-surélever pour les normes européennes. Quelques centaines de milliers d'euros pour entrer dans l'Europe. Il n'y avait pas de prix ni de centimètres ! Mais de là à le faire deux fois en 5 ans... Bravo à ces hauts fonctionnaires et à vous madame la directrice. Vous qui savez très bien gérer l'argent du contribuable par des études onéreuses. Vos petits copains de la construction publique, j'imagine? ! Par temps de crise, c'est l'exemple à donner !

Madame Tokbac connaissait bien cet homme, président d'une association de péniches qui lui rendait la vie dure depuis des années.

— Taisez-vous, monsieur Valdeau, nous savons tous ici que vous n'êtes pas à votre place.

— Vous non plus madame, dit-il, avant d'ajouter, votre place est au bout d'une fourche ! La tête coupée !

La directrice ravala sa salive, tandis qu'Eva Monet se tourna vers monsieur Valdeau. Il la remarqua aussitôt.

— Commissaire, ne vous inquiétez pas, ce n'est pas moi qui ai coupé la tête de cet hypocrite de Marouel.

Eva Monet le salua en souriant, puis passa devant une statue. Elle représentait un acteur de la révolution, elle hésita entre Robespierre ou Danton. Ce fut à ce moment-là, qu'elle se dit que depuis la guillotine, c'était toujours la même histoire. Pourtant le premier drapeau de la révolution française d'un rouge éclatant arborait fièrement la devise : « Valeur et Bonne Foi ». Nous en étions loin.

À la Fluve, dans le « Placard », c'était l'agitation. L'ordinateur parlait enfin. Eva Monet avait eu la bonne intuition, je la contactai aussitôt. Les indices trouvés dans l'ordinateur de Maëva prouvaient qu'elle était une activiste d'un groupe de terroristes surnommé : ECOWAR. Il ne s'agissait donc pas de terroristes intégristes islamistes. Nous y étions. On commençait à y voir un peu plus clair. Nous partageâmes un soupir de soulagement.

Il s'agissait d'éco-guerriers aux objectifs clairs : la planète avant l'humanité. Je les imaginais quand même plutôt pacifistes. Mais Eva Monet en débarquant rectifia d'un ton radical.

— Certains militants se comportent comme des terroristes : ils sabotent, marchandent, provoquent et mènent des actions violentes.

Inutile de lui dire que je soutenais ceux qui se perchaient pendant des années dans les arbres pour éviter l'abattage des zones forestières pour des grandes surfaces ou encore la Sea Shepherd, les ennemis jurés des braconniers des mers et son incroyable capitaine à qui j'avais donné par le passé quelques cordages et autres bricoles pour soutenir leurs actions. Eva poursuivait.

— Ces éco warriors naissaient un peu partout dans le monde et pour certains, ils pratiquaient des actions aux méthodes musclées et à la palette d'action très large.

Tout le monde se souvenait du film « l'Armée des 12 singes » et selon Eva Monet nous avions probablement affaire à la même chose, mais en pire. Le lien était là, il nous fallait désormais dérouler le fil. Une liste et ses suppositions :

1 - EcoWar moyennant de l'argent via le Ministre organisait une pseudo pollution pour couler une société de cosmétique. Ils avaient déjà procédé ainsi avec l'entreprise de néons fluorescents FluoXorm, pollueur quelques années auparavant.

2 - Cette action aida par la même occasion le Ministre Marouel à faire passer sa loi pollueur/payeur et ainsi obtenir son poste de Ministre de l'écologie et des transports. Ce deal avec Ecowar lui servit en quelque sorte de levier.

3- Mais au moment de payer Eco War, le Ministre refusa. Or il avait l'argent subtilisé au Port autonome. Pour quelles raisons ne pas avoir donné cet argent? Car en ne les payant pas, ne se mettait-il pas en danger ?

4- Il n'y avait qu'une seule piste, celle d'un intermédiaire qui n'avait pas voulu jouer le jeu et qui se trouvait du côté du Ministre. En attendant, l'argent était planqué et le meurtrier en cavale.

5- Cela pouvait expliquer pourquoi Ecowar était désormais dans la logique de la vengeance. Avec Eva Monet, nous nous regardâmes. Comment arrêter ce qui se préparait ? Car sur l'écran de l'ordinateur la phrase suivante clignotait en rouge:

« ECOWAR sera votre peste rédemptrice ».

## 11

Et bien, moi aussi, j'allais avoir mon fléau. Elle était
là ; sa vengeance ! Je ne l'avais pas vu tout de suite,
sans doute le contre-jour, mais son épaisse
silhouette se rapprochait de moi sur le ponton. Elle
brandissait dans sa main une feuille avant de
s'engouffrer dans la salle commune. J'avais cet
étrange pressentiment qu'elle avait entre ses mains
mon arrêt de mort. Elle commença par un long
discours, sur notre métier, difficile, parfois ingrat,
réalisant notre manque de moyens, ce qui fit
ronronner Télézio, et sur notre courage, notre
mérite. Un long baratin. Enfin, elle arriva à la fin,
nous rappelant nos valeurs, l'entraide, la loyauté et
la vérité. C'est à cet instant qu'ils se tournèrent tous
en même temps vers moi. Sans doute que
l'information avait été diffusée aussi vite qu'une
trainée de poudre.

— Capitaine Louis Laurens, voici le courrier du
rapport médical. Vous n'êtes plus apte à faire partie
de notre équipe. Votre maladie ne vous l'autorise
plus et qui plus est, vous pouvez aussi mettre en
danger nos équipes. » Je m'avançai devant tout le
monde et pour ma défense mis en avant le fait que
rien n'était certain. Je n'avais pas tous les
symptômes et m'engageai à faire d'autres examens
pour être certain du diagnostique. En attendant, plus
personne ne m'approchait. Sauf, Lavialle qui passa
sa main sur mon épaule, son regard plein de
compassion. En attendant ma mise à pied officielle,
j'allais me réfugier dans mon bureau. Sur la table,
mon livre de recettes gourmandes. J'ouvris sur une
page au hasard : un Paris-Brest ! Décidément, Brest,
un port, un océan... l'eau n'était jamais très loin. La
recette nécessitait un peu plus d'une heure et demie,
mais quel enchantement de jouer avec les saveurs

d'une pâte à choux fourrée d'une crème mousseline pralinée et garnie d'amandes effilées. Tellement savoureux, que mes papilles commençaient à s'imaginer les parfums. Je n'avais que trop attendu, il fallait que j'aille voir les sites d'écoles pour m'inscrire à des cours de pâtisserie. L'école Ferrandi n'était pas loin, dans le sixième arrondissement. Je souriais à l'idée de devoir acheter deux toques et de faire graver ma blouse blanche avec mon nom. Nathan Monroe revint avec un sac trouvé dans la gueule de Némo. Le paquet semblait plus que suspect, sur le plastique un gros « boum » était dessiné façon « cartoon ». Devions-nous prendre cette menace au sérieux ? Je composai le numéro de la brigade de déminage, lorsque Lavialle m'arrêta. Il attrapa le couteau dans la main de Télézio qui terminait d'étaler du Nutella sur sa tartine. Il sectionna un fil... Comme à son habitude. C'était tellement grossier que tout le monde rigola. La menace terroriste était à exclure. Nous dépliâmes le sachet contenu à l'intérieur. Une poudre blanche s'en échappa. On fit un pas en arrière instantanément alors que Christian Hay qui venait d'arriver pensa à une livraison de cocaïne. Je l'arrêtai dans son élan de curiosité et refermai délicatement le paquet avant de l'envoyer au laboratoire pour faire analyser son contenu. On sut quelques heures plus tard qu'il s'agissait de Dioxine de Titane. J'en informai aussitôt Eva Monet. Nous étions d'accord sur ce point. Les éléments ne cadraient pas avec le reste ; il n'y avait pas de cohérence dans ce geste, à part celui de nous lancer sur une fausse piste. C'était à l'évidence un piège. Ce qui voulait dire aussi que le meurtrier ou les meurtriers se savaient en danger. En attendant, nous tournions en rond.

**\*\*\*\*\*\*\*\*\*\***

Ce fut l'équipe de mon frère qui dénicha les indices et émit une piste. Je rentrais de deux missions que m'avait collées la Commandante. Surveillance des berges en cette période de crue et nettoyage de déchets coincés dans une station d'épuration, rien d'excitant. J'allais partir de la Fluve, lorsque je vis sur l'écran de Pierre Joffrin, un spectre de masse qui surgissait avec ses couleurs multiples presque psychédéliques pour former une empreinte digitale. Ses courbes géométriques le chiffonnaient. Mary-Ann Clark vint à sa rescousse pour analyser cette goutte d'eau prélevée dans la narine du cadavre de la Bastille. C'était toujours la même information : cette personne fut surprise. Mais autre chose apparaissait. Mary-Ann Clark réalisait qu'elle devait procéder à un « dégraissage » pour reprendre ses termes. Il m'était impossible de décrocher mon regard tant cela me semblait aussi curieux que passionnant. Je la vis enfiler ses lunettes grossissantes et manipuler des tubes qu'elle agitait toutes les trois minutes. S'en suivit un protocole long et complexe que je perdis en cour de route. Au bout de quelques heures, Mary-Ann Clark revint voir Pierre Joffrin qui en analysant ses résultats, ricana.

— Comment n'ai-je pas vu ça avant !?

Mary Ann se pencha à son tour. C'était aussi très clair pour elle. Moi j'étais toujours largué. Mon frère rappliqua.

— Alors ?

— C'est un virtuose ! Regarde ! Joffrin se décala pour lui laisser sa place. Mon frère se pencha pour regarder les résultats sur l'ordinateur. Des chiffres et des signes se succédaient et se mélangeaient. Il se redressa, affichant une expression de surprise sur son visage, avant de lâcher :

— Tu as raison, je n'ai jamais vu ce genre de procédure algorithmique.

Je ne comprenais toujours pas ce qu'ils se disaient entre eux. Mon frère poursuivit.

— Ce type était à coup sur dans l'informatique, un de ces geeks et oui, tu as raison Pierre, c'est un virtuose.

Une heure avait suffi à Eva Monet et son service pour recouper les informations et trouver, via un fichier sur les militants écologistes, notre mystérieux cadavre de la Bastille. Paul Millier était un jeune activiste hacker de 28 ans, que l'on avait aussi surnommé le « Gibbon». Il avait déjà sévi quelques années plus tôt en piratant les fichiers du ministère de la défense. Il avait la réputation de « sauter » d'un ordinateur à un autre comme un singe dans les arbres, tout en laissant derrière lui un Tag : celui d'une main verte ensanglantée en forme de Gibbon. Lui aussi devait être un fan de Terry Gilliam, le réalisateur de « l'Armée des 12 singes ». Le clin d'œil était flagrant. Eva Monet était déjà sur sa piste, ses parents, son entourage, ses études. Mais il n'y avait plus grand chose. Il s'était désolidarisé de la société et avait coupé les liens avec sa famille. Eva Monnet trouva tout juste la trace de l'achat d'un livre sur internet de David Henry Thoreau au titre plutôt évocateur « Désobéissance civile ». Toute l'équipe ouvrait de grands yeux : c'était quoi ? J'avais quelques notions sur la chose pour m'y être un peu intéressé plus jeune. David Henry Thoreau était un de ces naturalistes et transcendentalistes du 19 ème siècle qui prônait un retour à la nature, à la recherche de l'existence la plus authentique tout en menant une réflexion sur la vie à l'écart de la société. Ce type avait construit une cabane dans les bois et survivait grâce à sa volonté de vivre en accord avec la nature. Ce courant avait influencé beaucoup de jeunes durant les années 70 et revenait à la mode. Notre Hacker en était l'exemple. Eva Monet suivit une piste en Vendée. Selon les dernières informations, Paul Millier s'était perché dans un arbre pour sauver une forêt plantée sur une île au milieu d'un marécage. Il fallait suivre cette piste et nous y rendre au plus vite. Eva Monet fut directe en se tournant vers moi.

— J'ai besoin de vous !

Sans vraiment prendre au sérieux ma pseudo mise à pied qui n'était cependant pas encore effective, nous partîmes avec Les Cormorans : 4 pneumatiques légers, mobiles et de dimensions modestes, qui pouvaient intervenir dans les endroits les plus inaccessibles. Nous les perchâmes sur les remorques à l'arrière de nos deux 4X4 pick-up. Nous y serions à l'aube. Les bottes s'enfonçaient dans la boue alors que nous mettions à l'eau nos engins.
Il faisait encore nuit, lorsque l'aube se leva d'un timide soleil. Ses faibles rayons tombaient sur la surface de l'eau, dressant devant nous un mur de brume qui s'évaporait. Cela faisait l'effet d'une respiration, comme si le marécage se réveillait tout doucement, bougeant sous sa couverture éphémère et mouvante. Tout cela en silence. Nous fîmes de même et glissâmes nos embarcations tout doucement dans l'eau pour rejoindre l'île. Quelques roseaux se plièrent lorsque nous atteignîmes la berge. Là, nous avancions en ligne dans une progression lente. Dissimulés par les volutes de brume, elles jouaient sur nos nerfs révélant les ombres d'une nature sauvage qui surgissaient comme des fantômes. Eva Monet voulait vraiment les cueillir et de préférence en douceur. Je crois que ce fut Blanchard qui déclencha l'alerte en marchant

sur un morceau de bois juste devant une jeune fille venue chercher de l'eau. Elle lui jeta son seau à sa figure avant de détaler comme un lapin en alertant les autres militants.

— Hoka-Hey ! Hoka-Hey ! cria-t-elle.

Tant pis. Pour le réveil en douceur, c'était foutu. Eva Monet fit signe de déployer un cercle autour d'eux pour les emprisonner. L'action fut rapide. Désormais personne ne pouvait s'enfuir. À l'unisson, leur « Hoka-Hey » s'amplifia. Je reconnus le cri de guerre des sioux du Dakota, qui voulait dire : « c'est un bon jour pour mourir ». Je voyais mes gars pas très à l'aise, ce chant les intimidait quelque peu. Nous échangeâmes de furtifs regards, tout allait bien. Il n'y avait pas de quoi s'inquiéter, Eva Monet avait la situation bien en main. La brume s'évaporait peu à peu révélant par morceaux le campement de cette tribu d'activistes. Je remarquai qu'ils étaient bien équipés avec un matériel de grande qualité. Les bonnes marques sportives auraient pu les sponsoriser. Cordage, mousqueton, tente, tout était là pour le parfait éco guerrier. L'équipe d'Eva Monet fit son boulot. Il leur fallut un peu plus de trois heures pour interroger les militants. On pouvait constater qu'ils étaient bien rôdés à ce genre de communication à croire que certains avaient reçu des cours de média training. On était loin des mouvements hippy des années 60. Nous pensions découvrir une cabane de bois à la décoration spartiate et au mobilier de récupération. Nous fûmes surpris par la présence d'une régie informatique digne des grands PC de sécurité. Leurs ordinateurs avaient dix ans d'avance sur le matériel désuet de la Fluve. En parallèle de ces écrans plats et disques durs de 5 Terra, des bouquins traînaient par terre provenant de la bibliothèque WWF, Jack

Kerouac, Pierre Rabhi... Véritable bible pour ces militants écologistes. En feuilletant le livre de Paul Watson « Earthforce », sur la première page, un mot « Joyeux anniversaire mon Gibbon », signé Ta Maëva F. Pliée en quatre au milieu des pages, une feuille A4 sur laquelle était gribouillé un dessin dont on ne voyait pas vraiment le sens du motif. Pour l'instant, cela représentait plutôt une tache en forme de papillon noir ou de chauve-souris, le genre de forme que les psychologues nous demandent d'interpréter pour découvrir notre moi profond. J'entendis Blanchard appeler Eva Monet. Son appel semblait provenir d'une autre cabane à l'autre bout du campement. Il venait de découvrir le repaire de Maëva. Ce fut après le prélèvement d'indices et quelques interrogatoires plus ou moins musclés que l'on apprit par la communauté féminine que Maéva pensait être enceinte. Je trébuchai sur des canettes de coca que j'allais récupérer à terre. Eva Monet m'arrêta tout de suite. Il s'agissait de pièces à conviction. Face à ma surprise, elle m'expliqua le pourquoi et le comment. Il n'était pas rare que des jeunes filles boivent une potion, un étrange mélange de vinaigre et de coca cola, tout en procédant à des lavements de gros sel dans le vagin pour déclencher un avortement naturel. Cela dégoûta Nathan Monroe qui grimaça. Pour Eva Monet rien de nouveau chez les écologistes plutôt anti-nataliste. D'ailleurs, cette notion commençait à se durcir, fondée sur la haine de l'espèce humaine. Un député avait d'ailleurs fait une déclaration étonnante, militant pour la grève des ventres afin de lutter contre la crise économique : « Nous sommes trop nombreux ! » C'était une façon de voir les choses, Eva Monet les traitait de totalitaristes. Je ne pus m'empêcher de me demander combien d'enfants elle espérait avoir un jour ? En attendant, Eva apprit que la mère de Maëva avait débarqué dans leur campement pour récupérer sa fille. Son arrivée avait été remarquée : une handicapée a bord d'un canoë. Quel cran ! Me dis-je. Mais elle fut expulsée sans ménagement, à la demande de Maëva. Pourquoi Madame Frontilly nous avait-elle dissimulé cela ? Qu'avait-elle à cacher ? Cela rejoignait la thèse de mon frère : Maëva avait déserté la maison familiale. Pour quelle raison ? Sans perdre de temps, Eva Monet demanda une surveillance rapprochée de Madame Frontilly. Désormais, elle ordonnait d'avoir la description de ses faits et gestes dans les moindres détails sur son bureau. Et fissa ! Sur le chemin du retour, je ne pus m'empêcher de demander à Eva Monet pourquoi dans les tests sanguins ou lors de l'autopsie personne n'avaient vu que la petite Maëva Frontilly était enceinte. Comment étaient-ils passés à côté de cette énormité ? Pour Eva Monet, il n'y avait aucun doute, elle ne l'était pas, mais pensait l'être. C'était assez fréquent qu'un test de grossesse se trompe. Mais qui pouvait bien être le « faux » père ? Celui qui était supposé être le géniteur ?

— Paul Millier, le jeune hacker ? répondis-je.

— Encore faut-il qu'il puisse féconder la fleur !

Blanchard balança les Polaroids de tous les témoins pris sur l'île pour les identifier. Il sortit du lot une photo.

— Maxence Monceau, un jeune étudiant en philo.

— C'est son petit copain ?

— Non celui de Paul Millier. Ils étaient plutôt du genre à butiner des bambous que des fleurs.

— Ah, très joli comme métaphore ! ironisa Eva Monet. Autre chose ?

— Non.

On n'en saurait pas plus. Aucune piste ne se profilait à l'horizon.

**********

Comme par hasard, et sans doute parce qu'Eva comme à son habitude avait fait pression, les tests de l'ADN contenu dans le sperme prélevé dans le vagin de Maëva furent posés sur son bureau en moins de 24H. Visiblement, son bain salé et le contact de l'eau de la citerne sous l'Opéra n'avaient pas modifié l'ADN. Ce fut ainsi qu'Eva Monet découvrit que l'individu était d'origine maghrébine. Cette information me surprit. Je ne savais pas que l'on pouvait connaître l'origine ethnique d'un individu d'après son ADN. Et je pensais que la loi Bioéthique interdisait ce genre d'information. Cependant, je comprenais que face à l'urgence terroriste nationale, ce genre de considération n'avait pas lieu d'être. Cela se recoupait avec quelques échantillons prélevés sur les objets de la cabane de Maëva. Il n'y avait aucun doute, Mohamed Saidi et elle étaient amants. Le jeune conducteur de la Citroën bourrée d'explosif retrouvée au fond de l'eau devait être retrouvé et au plus vite. Comme les feuilles mortes qui tombaient étrangement en ce début de mois d'août, un courrier du ministère m'attendait sur mon bureau. C'était officiel, j'étais sur la touche. Ce soir-là, je me sentis trahi et j'appris que c'était un de mes gars qui avait alerté la Commandante. Mais qui ? Je ne le savais pas, et ne voulais pas le savoir. En attendant, je n'avais plus d'autorité et Nathan Monroe était désigné pour me remplacer. J'avais une grave décision à prendre: me faire virer ou partir de mon plein gré. Pour ma part, il y avait une troisième option : il était impératif de prouver que malgré ce handicap je pouvais continuer à exercer mon métier.

**********

Ce matin-là, ils commençaient tous à me les gonfler et sans prévenir la Commandante, pour ma dernière mission, je partis à la fosse de rétention de sang dans un abattoir de la région parisienne. Un de leur type avait glissé et entrainé par ses bottes n'avait pas refait surface. Noyé et coincé. Je me laissais glisser lentement sur la paroi dans le sang dense et nauséeux. Heureusement que j'avais un masque épais. Mais je pouvais sentir l'odeur de fer qui me saisissait à la gorge. Comme je l'avais toujours enseigné, lorsque nous n'avions plus de visibilité, le toucher remplaçait nos yeux. Une fois mes pieds au fond de la cuve, je partis à tâtons et trouvai ce corps en moins d'une minute. Je retirai ses bottes, ce qui me facilita la tâche pour remonter le noyer. Voilà, la PJ, il était à vous. Moi, je partis en silence, sans un bonjour ni un au revoir. Je passai quelques minutes à la Fluve, saluai froidement tout le monde et partis à mon entraînement mensuel à la piscine de Villeneuve-la-Garenne. J'enfilai la combinaison et plongeai. L'eau était toujours aussi froide au premier contact, mais après quelques secondes, je pouvais déjà sentir la chaleur se régler à la température de mon corps. Détendeur, manomètre, tout était ok. Je longeai le fond de la piscine, puis m'enfonçai dans la fosse, 5, 10, 15 puis 20 mètres. L'eau était de plus en plus sombre, comme moi d'ailleurs. Ancien adepte de kung-fu, je savais que j'étais dans la spirale du Tao et que tout était mouvement. Un éternel recommencement. Bon sang, je devais me trouver bien bas, dans le mouvement descendant de la roue, car ma vie était noire. Je regardai les bulles d'air remonter et se désintégrer. Elles disparaissaient comme les indices de ces enquêtes dans un brouillon irritant, comme ma piste sur Bourdieu, ou encore ce mystère qui entourait la mort de mes parents. Tout cela semblait m'échapper. Y-avait-il encore un peu d'espoir pour moi ? En rentrant à la Fluve, il était tard. J'étais passé pour récupérer quelques documents, lorsque dans un coin sombre mes pieds butèrent sur une masse. Je me rattrapai in extremis à la poignée de la porte de l'ancien bureau du Commandant Bourdieu. Sur quoi avais-je bien pu trébucher ? Je m'accroupis pour toucher, puis reculai : des poils ? C'était Némo qui devait piquer un somme.

— Oh, Némo, allez pousse-toi !

Mais il ne bougea pas. Il me fallut quelques secondes pour me rendre compte qu'il était mort. Il ne manquait plus que ça, notre mascotte venait de nous quitter. Mon frère qui sortait de son « Placard » m'aida à le transporter dans le coffre de sa voiture. Ce fut à cet instant qu'il me raconta l'histoire de ce toutou au Japon, de la race des Akita qui attendit près de dix ans, tous les jours son maître à la gare de Tokyo alors que celui-ci était mort. Ben pour moi, Némo m'attendait tous les matins pour sa tartine. Comment l'avouer, cela fichait un coup au moral. Il devait être une heure du mat lorsque je laissai sur la table de la pièce commune, une photo de Némo et un mot : « Némo nous a quittés, il a rejoint son maître, le Commandant Bourdieu. » Malgré l'interdiction de la loi française, nous partîmes l'enterrer dans une forêt, à côté d'un étang. Un de ces petits endroits secrets qui me ressourçait et qui devait rester confidentiel. C'était sans doute parce que nous creusions un trou d'un mètre carré que la discussion s'orienta vers nos parents. Je savais qu'ils avaient été deux éminents scientifiques au service d'un bureau spécial relié à l'académie des sciences et aux ordres de l'armée. Mais ce que je ne savais pas, c'était qu'ils menaient une guerre secrète des océans. Déjà dans les années 80, ils travaillèrent sur l'élaboration d'un nouveau fluide pour les scaphandriers. Ces derniers pouvaient descendre à des profondeurs extrêmes, ce qui aurait été une véritable révolution pour tout le monde. Une arme précieuse pour une bataille invisible, lente, et silencieuse qui se passait dans les abysses de la mer. Des intérêts militaires, économiques, scientifiques ... Nos parents étaient devenus des pions gênants sur l'échiquier de la guerre des océans et de ses importants enjeux financiers. Car on pouvait aussi bien dominer la terre de l'espace, que du fond des mers et des océans. Adrien me donna des informations supplémentaires, mais pour moi, comme sans doute pour d'autres à la Brigade Fluviale, Bourdieu était un père et mes parents biologiques deux étrangers. Ce fut à cet instant qu'Adrien s'arrêta. Il fallait qu'il m'avoue quelque chose. Par curiosité Mary-Ann avait subtilisé le dossier Bourdieu et ses prélèvements. Leurs résultats ne correspondaient pas aux nôtres.

— Dans votre rapport d'autopsie, Bourdieu serait mort par l'écrasement de son crâne puis jeté dans l'eau où il aurait fini par agoniser quelques minutes après son passage à tabac. Mais pour Nanowater, il a été battu, étouffé par le gant et déplacé avant d'être rejeté à l'eau.

— C'est à peu près notre résultat d'analyse, répondis-je.

— Non, vous avez oublié un détail.

— Quoi donc ?

— Le moment. Il aurait été battu et bâillonné. Mais avant d'avoir été jeté à l'eau, il a été transporté. Le pourquoi ? Je ne peux pas te répondre. Dans la chronologie, on a dû lui retirer le bâillon de la bouche. S'y sont glissés ces fameux grains de sable et autre chose. Ce sont eux nos éléments perturbateurs. Dans la cire, il y avait des grains de sable et dans ses grains de sable, de l'eau et dans l'eau, des spores.

J'écarquillai les yeux.

— Des spores ? me dis-je, préférant laisser mon frère poursuivre.

— Des spores de l'Agaricus Bisporus. Ce sont les cellules de reproduction des bactéries.

Là, j'étais complètement paumé et je devais lui dire.

— C'est quoi tes trucs-là ?

— Le champignon de Paris.

— AH !

— Mais pas n'importe lequel : il s'agit du champignon blond et non blanc qui, lui, préfère pousser dans des coins de galeries non ventilées. Bourdieu était encore vivant après qu'on l'ait frappé.

— Nos trafiquants devaient en transporter sur leurs chaussures ou vêtements.

— Ben justement, mon équipe a vérifié sur tous nos prélèvements, fibres, vêtements, gants, péniche, bottes, partout, rien, rien et rien. Et pour transporter ce genre de souche d'agaricus, il faut traîner dans des endroits rares.

Je compris soudain où il voulait en venir.

— Tu veux dire qu'il y aurait un autre meurtrier ?

— Ce n'est pas à exclure.

— Le Commandant Bourdieu aurait été assassiné deux fois ?

— Exact, et par ailleurs, si l'on analyse le parcours des spores avant qu'il se noie, les spores sont restés coincées au niveau de sa trachée. Elles n'ont pas eu le temps d'atteindre ses poumons. Disons que j'aurais eu davantage de spores entassées dans le liquide pleural, or ce n'est pas le cas. Donc, du temps s'était écoulé, et ces nouveaux éléments prouvent qu'il a été déplacé.

Alors là, je tombai des nues. Nous n'avions pas arrêté le bon meurtrier. Toutes les pistes s'ouvraient à nouveau. Que pouvais-je faire avec cette nouvelle information, devais-je en parler à Eva Monet ?

— Bien entendu, tu gardes l'info pour toi, il est préférable que nous menions cette enquête tous les deux, finit par lâcher mon frère qui décida pour moi.

Pourquoi pas ! me dis-je. Après tout, mis sur la touche, j'étais en disponibilité « forcée » et l'idée d'enquêter en sous-marin m'amusait. En général, je partageais tout avec mon équipe. Il était peut-être temps de changer mes habitudes.

Mon frère, cette enquête, ces obstacles me faisaient évoluer, ainsi que mon regard sur l'humanité. De la distance sur l'information, je n'avais jamais connu cela. Je savais que de son côté Eva poursuivait la piste de Mohamed Saidi et de sa voiture bourrée d'explosifs. L'eau avait en partie effacé les empreintes extérieures. Heureusement, la TPE, leur police scientifique, retrouva dans les sacs en plastique contenant la mise à feu hermétique à l'air et à l'eau : une empreinte. Elle était coincée entre deux plis. Elle fut aussitôt analysée et comparée, révélant qu'il s'agissait du même individu. De notre côté, avec mon frère, nous passâmes une bonne partie de la matinée à faire la synthèse des choses. Mon recul ou la distance que je m'imposai désormais, me permit de me libérer et de mettre en place une nouvelle approche. Il me fallait du temps, mais en avais-je ? Adrien et son équipe me révélèrent l'info suivante : Le meurtrier avait un certain âge, son utilisation des poisons provenait d'une ancienne formation en biologie, cela faisait déjà plusieurs années que cette méthode n'était plus pratiquée dans les universités et les laboratoires. Cette nouvelle piste était à prendre au sérieux. Cependant, Eva et moi-même prenions des directions divergentes. Mais ce qui était important, c'était de trouver une solution et vite ! Ce n'était pas une question d'égo, ou de guerre des services. Elle se concentrait sur Maëva et sa clique, et moi sur tout autre chose, lorsqu'un autre indice parla.

— J'ai du nouveau, m'informa Eva Monet sur mon portable.

L'information tomba enfin. Maëva Frontilly avait été mordue par un rat et avait été vaccinée contre la leptospirose. Je connaissais parfaitement cette maladie d'origine infectieuse et bactérienne, que l'on surnommait la maladie du rat. Les symptômes pouvaient aller du syndrome grippal jusqu'à l'hémorragie mortelle. Vu notre métier, nous étions tous vaccinés contre cette saloperie. Le lien était aussitôt fait. Comme dans l'histoire du « Joueur de flûte d'Hamelin », c'était une évidence, les rats allaient être libérés pour contaminer Paris par cette maladie et non le botulisme. Mais quand et comment ? Les coupables étaient tout désignés : les EcoWar. Mais il manquait des preuves pour les arrêter et stopper leur action. Eva Monet cherchait à trouver le moyen d'être en position de force pour pouvoir jouer avec eux et leur tendre un piège. Ainsi forcer le coupable à se dévoiler. Elle remonta toutes les filières de trafic d'animaux pour retrouver la piste d'un intermédiaire, en vain. Ce fut une piste sur le mécanisme du déclenchement de la bombe qui attira son attention. Selon le spécialiste du déminage, la fabrication du détonateur ne pouvait être faite que par un spécialiste des montres et plus particulièrement dans le montage et démontage. Il n'y avait qu'à voir les traces, si infimes, et cela provenait d'une main de maître. Eva Monet et Blanchard épluchèrent tous les organigrammes des horlogers européens. Comme par hasard... Mohamed Saidi sous une autre identité, apparut comme étant un employé d'une très prestigieuse marque suisse. Leur atelier était implanté dans le 1 er arrondissement de Paris, à deux pas de la place Vendôme. Il était ce qu'ils appellent dans leur jargon, un « horloger rhabilleur ». Une sorte de praticien qui connaissait toutes les subtilités de la mécanique des montres, de toutes les montres. Pour pratiquer ce métier, il fallait être calme, avoir une très bonne concentration et chose curieuse, un PH neutre. Ce fut Blanchard qui nous informa de ce détail, son frère horloger avait été recalé pour une sudation au PH trop basique ou acide qui pouvait faire rouiller les composants en les touchant. Merci pour les infos, mais nous devions passer à l'action. Je pouvais deviner Télézio répéter ironiquement ; « Bon sang, on en apprend des choses incroyables à la police ! » Eva Monet, Blanchard et son équipe s'équipèrent de gilets par balle et s'encadrèrent de spécialistes en explosifs. Ils n'allaient pas prendre le risque d'intercepter le terroriste sans savoir si l'atelier était piégé ou pas. Contre toute attente, l'arrestation fut calme, Mohamed Saidi les suivit sans résistance devant ses collègues médusés.


\*\*\*\*\*\*\*\*\*\*

À ce moment de l'enquête, Eva Monet demanda explicitement ma présence. Depuis le début, ma connaissance du dossier, mon écoute et mon analyse pouvaient lui apporter des éléments cruciaux. Blanchard, lui, faisait la gueule. Lors de l'interrogatoire de Mohamed Saidi, Eva Monet apprit tout autre chose, comme moi d'ailleurs.

— T'arrêtes de nous prendre pour des cons, déclara Eva en balançant un épais dossier devant Mohamed assis en face d'elle. Il ne répondit pas.

— L'empreinte retrouvée sur la bombe est la tienne.

Nous nous attendions à ce qu'il réagisse, mais il hocha juste de la tête, avant de sourire.

— Vous bluffez, vous n'avez rien ! dit-il.

Eva Monet étala les photos de Mohamed conduisant dans les rues de Paris et entrant ou sortant de la fameuse Citroën. Des images qui provenaient des caméras de l'Etat major de Paris. Il leva les yeux.

— Et alors ? Cela prouve quoi, que je me promenais dans Paris.

— C'est ça ! Fous toi de moi, avec un coffre rempli d'explosif ?

— Ah tout de suite, l'amalgame. Arabe égale bombe !

— Ces adresses, ce sont tes points de contact ? dit-elle en pointant tous les magasins de téléphonies dont il avait franchi les portes.

— Voilà ce que je vous dis. Il leur adressa un geste obscène : un doigt d'honneur. C'est clair et maintenant, je veux mon avocat.

Le juge prolongea la garde à vue. Ce fut plus de 48 heures d'interrogatoire avec la présence de l'avocat pour que Mohamed Saidi finisse par accepter d'emmener la police sur un lieu de stockage de matériel informatique et autres bricoles précisa-t-il. Pour Eva Monet récupérer les informations contenues dans les ordinateurs pouvait ouvrir des pistes. Donc, il n'y avait pas de temps à perdre. Nous enfilions nos équipements. Eva Monet me tendit un brassard de chez eux que je passai autour du bras.

La nuit était déjà tombée. C'était à une heure de route dans les forêts de la Mer de Sable à côté de Senlis. Les deux voitures de police roulaient à vive allure. Arrivés à côté d'un château d'eau, Mohamed Saidi pointa du doigt en direction d'une longue grange en pierre. Eva se préparait à découvrir un second QG bourré d'ordinateurs. Nous trouvâmes au sol des casseroles vides, du matériel de camping, des graines pour animaux, en un mot : rien d'intéressant. Mohamed Saidi s'était foutu clairement de notre gueule. Eva lui colla une bonne droite dans les gencives. Ben ça alors ! Nous fûmes tous surpris du geste d'Eva Monet. Blanchard la regarda avec une mine tendue, puis se détendit. Bingo ! Nous l'avions. Simultanément, Eva Monet et Blanchard réceptionnèrent sur leurs portables la confirmation qu'ils attendaient : l'analyse du matériel retrouvé sous l'Opéra avait fini par parler. Là encore l'ADN de Mohamed Saidi était partout. Il était cuit. C'était bien « l'artificier » au sein d'ECOWAR. Soudain, un clic. Je reconnus ce bruit.

— Attention, personne ne bouge !

Nous nous pétrifiâmes. Je regardai autour de moi, c'était une certitude, nous avions affaire à un EEI. Un engin explosif improvisé. Je vis soudain trôner dans un coin une couscoussière à deux étages d'où partaient des fils électriques. Toute l'équipe avait suivi mon regard. L'un de nous avait peut-être enclenché le mécanisme. Il ne fallait plus bouger.

Rapide, je cherchai d'un regard davantage sa charge d'amorçage que sa charge explosive avec son détonateur de mise à feu. Il devait être soit mécanique soit électronique. A l'évidence ce n'était pas un déclenchement piège, car nous serions déjà éparpillés en morceau par l'onde de choc. J'avais le choix entre le déclenchement à retardement ou contrôlé. Je scrutai un peu partout avant de découvrir dans un coin l'électricité piratée et ses prises sauvages qui s'en échappaient. Laquelle alimentait l'engin explosif, et par où passait-elle ? Malgré la peur que je lisais dans ses yeux, Eva actionna son téléphone et contacta les démineurs. Nous restâmes une bonne heure pétrifiés comme des statues, les muscles douloureux. Blanchard s'amusait à raconter des histoires pour détendre l'atmosphère. C'est en levant les yeux au ciel devant la stupidité de Blanchard, que je vis scintiller sur une étagère un morceau de verre et découvrit avec effroi une ribambelle d'ampoules cassées. Je frissonnai sans rien dire aux autres puis reconnus dans un sac ce qui devait être la penthrite du pauvre. Du nitrate de potassium. Je savais qu'une ampoule cassée reliée au mélange explosif - du nitrate de potassium amalgamé à du soufre et du salpêtre - serait activé par minuterie ou appel téléphonique. À cet instant, Mohamed qui m'observait, sourit en silence. Savait-il où était le détonateur ? Sûrement, mais il n'y avait pas accès ou sinon nous serions morts une seconde fois. Je décidai de l'ignorer, mais tremblai une fois de plus. Avait-on affaire à la vielle méthode Afghane avec un déclencheur par évaporation d'eau. La méthode était simple, sur la surface flottait le contacteur mâle qui après disparition de l'eau entrait en contact avec le contacteur femelle? Lorsque les démineurs arrivèrent, je savais qu'ils devaient désamorcer l'engin. Cela requérait des précautions particulières, car il n'existait aucune procédure pour ce genre de bombe. Je les regardais tripoter les fils électriques, et regrettais que Lavialle ne soit pas là. Par chance, comme la plupart des engins bricolés, il n'explosa pas au moment voulu. C'était bien un déclenchement à retardement et je n'y apportais plus aucun intérêt, puisque j'étais en vie !

— Allez, au placard !

Mohamed Saidi grogna, il savait que nous n'allions pas le lâcher de sitôt. Mais nous étions conscients qu'il n'était en aucun cas le cerveau et qu'il fallait faire vite !


**********

Fin Août, les bords de Seine offraient aux promeneurs un paradis, mais pour la Fluve c'était un enfer. Je savais que mon équipe en bavait avec le fameux « Paris-plage » et son village éphémère. C'était des milliers de personnes à surveiller. Pour la première fois, je flânai sur les quais. J'observais les badauds, les amoureux et les hordes de touristes. Depuis combien de temps, je ne m'étais pas assis pour manger une glace de chez Bertillon ? Tiens, cela me faisait penser que je pourrais solder certains de mes congés en faisant un stage de pâtisserie. Malgré cette mise à pied temporaire, je continuais à m'interroger sur la mort de Bourdieu et ses véritables assassins. Je tentais de reconstituer le puzzle, lorsque j'évitai deux enfants et les poignées de sable qu'ils se jetaient à la figure. Leur mère déboula pour stopper leurs chamailleries.

— Arrêtez de jouer avec ce sable, c'est sale, les chiens font pipi dessus... C'est plein de champignons.

Ce dernier mot résonna dans ma tête. J'avais une piste, mais avant d'en parler à tout le monde, il me fallait en avoir le cœur net.

J'étais seul lorsqu'il commença à pleuvoir. Au loin, j'avais l'impression que quelqu'un utilisait un feutre noir pour dessiner sur l'horizon un épais trait noir. Annonciateur d'un orage. En attendant de grosses gouttes d'eau tombaient sur ma parka dans une mélodie sourde. J'inspectai l'étanchéité de ma capuche sous mon casque de moto. Jusque-là tout allait bien. Je pouvais y aller. Je pris ma moto et roulai jusqu'à une petite route privée. Un panneau indiquait clairement de ne pas franchir l'allée. J'éteignis mes feux et longeai le chemin jusqu'à atteindre la lisière d'une forêt. Je laissai là ma moto et continuai à pied en faisant attention à ne pas marcher sur une branche, le silence devait être roi. Lorsque je vis un point rouge clignoter dans l'obscurité. Et merde ! Trop tard ! J'entendis hurler des aboiements de chien et criai à mon tour.

— Maurice, c'est moi Louis Laurens !

Une main coupa l'alimentation d'un mécanisme qui enclenchait des aboiements de chien. Mon intrusion sur son territoire n'était pas passée inaperçue. De sa cabane, Maurice sortit sa « gueule toute fripée » par le temps, mais je l'avais toujours connu comme cela, depuis que je l'avais repêché dans la Seine un jour de Noel. Je n'avais jamais trop su s'il avait véritablement glissé de la berge ou avait-il provoqué l'accident. Ancien prof d'histoire reconverti en Artiste peintre incompris, il préférait vivre loin de ses congénères et plus proche du silence et de ses livres. Parmi ses pépites, il avait une collection de magasines historiques incroyable. Tout y était et plus particulièrement ce que j'étais venu chercher. Il connaissait le tout Paris, mais son côté sombre, celui de ses entrailles. Il avait été dans sa jeunesse, l'organiseur des soirées underground mais aussi le guide des passionnés de Paris. Dans cette ville souterraine, c'était toute l'histoire de la capitale, de ses marécages et ses passages secrets, depuis l'origine, en passant par la Seconde Guerre Mondiale jusqu'à aujourd'hui. Il y avait eu des cinémas clandestins, des réunions macabres, des passionnés des catacombes ou encore des soirées coquines pour les élus de L'Élysée ou Matignon. Je lui précisai mes recherches et les indices que m'avait donnés mon frère sur les « spores » de champignons. Cette petite poudre volatile qui s'échappait lorsqu'on les cueillait. Le bâillon que l'on avait retrouvé dans la bouche de Bourdieu en était couvert. Maurice m'indiqua sur une carte l'existence de quelques champignonnières souterraines de la Capitale. D'après les informations que je lui avais données, il pointa du doigt le centre de Paris. Je reconnus le lieu. Quel con ! Je n'avais rien vu, mais oui bien sûr !

Je connaissais l'histoire de ce lieu. Le « Cineaqua », l'aquarium souterrain de Paris construit dans d'anciennes carrières sous la colline de Chaillot. À l'époque, c'était un espace destiné à la cavalerie de l'empereur Napoléon. Puis cela se transforma en une champignonnière, sans doute l'humidité et le crottin avant de devenir en 1867 l'aquarium du Trocadéro. Le premier du monde et le plus grand. Quarante bassins, des restaurants, et une salle de cinéma.

Devant ses fondations au pied des fontaines, je me souvins d'un apnéiste qui avait nagé avec vingt-cinq requins pour sensibiliser les spectateurs sur leur protection. Mais avant l'ouverture de ce grand complexe, il y avait quelques années déjà, nous étions intervenus sur une fuite du grand bassin. Je me souviens encore d'un des employés de l'aquarium qui gueulait à cause de la mortalité anormale de certains poissons qui ne se faisaient pas à la vie des grands fonds marins de la colline de Chaillot. Bref ! Le type que je devais rencontrer était un vieil ami, ... d'un ami, ... d'amis de Balthazar notre menuisier à la Fluve que j'avais sondé sans rien révéler de mon enquête. On se donna rendez-vous devant la fosse du Cineaqua au beau milieu de la journée. Au-dessus de nous, la place du Trocadéro grouillait de touristes. Un homme baraqué d'une cinquantaine d'années s'avança vers moi et me serra la main. Ou plutôt il me la broya. Son accent m'indiquait qu'il venait de la banlieue parisienne, celle de Joinville-le-Pont et de ces guignettes qui survivaient encore au bord du fleuve.

— Venez, suivez-moi, je vais vous montrer.

Il m'indiqua une petite porte par laquelle nous nous faufilâmes. Une fois arrivés derrière, d'un coup de poussoir sur un tableau électrique, la lumière fût. Nous nous enfonçâmes dans des tunnels humides en silence. Il n'était pas très causant, moi non plus. Il aurait pu être l'un de ces grognards, soldats de la vieille garde de l'Empereur Napoléon Bonaparte qui grouillaient sous Paris. Derrière lui, j'observai son déhanchement, il devait avoir une jambe plus courte que l'autre. Puis il s'arrêta et souleva une bâche sur laquelle était écrit : « Chantier interdit au public ».

— Voilà ! C'est d'ici que ça part.

Devant moi, les passages se multipliaient avec son fameux réseau de galeries qui s'étendait sous la butte de Chaillot sur plus de 7 kilomètres. Il me tendit une lampe torche et une carte.

— Je vous attends là !

Cela faisait sans doute déjà deux heures que je déambulais dans les nombreuses cavités qui avaient été creusées pour en extraire les pierres de taille. Des galeries qui étaient devenues les vestiges de ces immeubles parisiens construits et taillés avec le calcaire de la plaine. J'arrivai dans une sorte de corridor qui avait été squatté par les cataphiles. Au sol, trainaient des bouteilles d'alcool et les murs étaient décorés de déclarations d'amour, d'initiales gravées et enlacées, des cœurs, des citations mal écrites, ou un peu plus loin, des croix gammées. Cela avait dû être un lieu de réunion pour les groupuscules d'extrême droite. Mais mon regard s'arrêta sur le dessin d'un champignon de Paris. La pierre semblait bouger. Je la poussai légèrement sur le côté pour passer mon bras avec la lampe torche. J'y étais. C'était l'accès à une champignonnière clandestine. Le sol et les murs étaient couverts de champignons de Paris et je reconnus l'espèce décrite par mon frère : ils étaient jaunes.

En rejoignant mon guide, je lui tendis la photo de Bourdieu.

— Vous avez déjà vu cette personne ?

— Ah ben ça alors, comment vous connaissez Dédé ?

L'homme passa sa main sous sa casquette pour lisser ses cheveux.

— Tout va bien ? demanda-t-il aussitôt inquiet par l'expression de mon visage.

Je lui annonçai la triste nouvelle et il fut tellement accablé qu'il plongea sa main dans son veston pour en sortir une petite bouteille contenant de la liqueur de réglisse. Un coup de fouet pour encaisser la nouvelle. Je me souvenais qu'à l'époque du service militaire obligatoire, certains jeunes s'empiffraient de « zen » à la réglisse pour déclencher une hypertension avant l'examen médical des trois jours, et tout cela dans l'espoir de se faire réformer.

— Je ne vous en propose pas ! me dit-il les dents noircies.

Ce fut à cet instant qu'il me raconta. Son ami « Dédé », notre Bourdieu, avait en effet vu quelque chose : il était prêt à révéler un énorme réseau et avait même évoqué des crimes. Mais il regretta de ne pas pouvoir m'en dire plus. Bourdieu lui avait promis de revenir dès que tout cela serait terminé et de lui raconter la fin. Et puis plus rien ! J'en restais là avec mon nouvel ami. Ce ne fut pas le cas d'Eva Monnet qui m'appela en urgence.

## 12

Éva Monet et Blanchard avaient été alertés par une patrouille de Police, des personnes traînaient du côté des hangars du canal de l'Ourcq et du bassin de la Villette. Les deux « îlotiers » n'étaient pas intervenus, mais avaient attendu Monet et son adjoint. Sur place, un groupe de jeunes transvasait du matériel dans des camionnettes. Il y avait des caisses et des cages avec des bâches noires pour les recouvrir. Un des jeunes semblait diriger cette opération de façon militaire. Ses ordres étaient brefs et le tout se faisait en silence. Et puis tout avait été très vite. Les deux premières camionnettes étaient parties phares éteints, alors qu'un groupe de trois personnes refermait les portes du hangar. Monet et Blanchard n'avaient pas eu le temps de bloquer les deux premiers véhicules. Monet avait ordonné aux deux policiers de suivre les conducteurs, mais les deux gardiens de la paix étaient en scooter et avaient perdu leur trace assez vite. Blanchard et Monet étaient intervenu pour contrôler le groupe restant. Mais avant d'arriver sur eux pour leur parler, un des jeunes, celui qui semblait être le chef, leur avait tiré dessus avec un 9mm. Monet et Blanchard avaient juste eu le temps de se protéger derrière un camion. La voiture des tireurs était partie à toute vitesse. Dans le hangar, ils n'avaient rien trouvé d'intéressant. Cela sentait la pisse et la bouffe rance. Ils avaient cependant contacté la police scientifique pour ratisser le bâtiment.

**********

— Transduction ! lâcha mon frère.

— La quoi ? demandai-je.

— La Transduction de l'ADN, répéta-t-il. Regarde bien, ces ondes électromagnétiques dans le plasma sanguin.

Je me penchai vers ses écrans d'ordinateur et fus surpris. C'était fascinant de voir des courbes de couleurs danser entre elle.

— Mais vous avez fait comment ?

— Comme pour le café, la dernière fois, m'indiqua Mary-Ann Clark. On dilue les molécules d'ADN de notre individu dans de l'eau stérile, puis elles sont placées sur un capteur d'ondes électromagnétique relié à un ordinateur. Le signal obtenu est ensuite numérisé et envoyé par mail. Un tube d'eau neutre sera bombardé par ce fameux signal sonore et nous aurons son double. Et me regarde pas avec ces yeux là, nous avons fait cette expérience une centaine de fois. Et voilà le résultat !

Incroyable ! Dans le « Placard » les neurones chauffaient !

— Grace à ça nous avons pu comparer nos résultats avec des milliers d'autres et en très peu de temps, poursuivit mon frère. Tout cela pour te confirmer que ta tueuse est une laborantine.

Les prélèvements parlaient. Analyse, corrélation avec les précédents résultats de Pierre Joffrin. Il insistait, c'était bien une femme.

— Et à l'intelligence méthodique, ajouta Mary-Ann qui avait analysé la partie émotion.

Cette nouvelle information me scotchait.

**********

Eva Monet passa deux jours avec Blanchard pour éplucher des listes de scientifiques, lorsqu'elle trouva enfin. Frontilly était parmi la liste des assistants biologiste d'un ancien Professeur. Eva Monet avait encore une fois vu juste. Madame Frontilly fut arrêtée dans le calme. Elle ne risquait pas de nous filer entre les mains dans son fauteuil roulant, dit cyniquement Blanchard. Entre les quatre murs de la salle d'interrogatoire de la PJ, elle réfutait tout. Pourtant, elle savait que nous avions des preuves. Puis elle s'amusait à changer les versions. Eva Monet lui signifia qu'elle risquait de prendre perpette. Frontilly fronça les sourcils, avant d'avouer. Cela allait lui rappeler des souvenirs douloureux. Elle se mit à penser aux dernières fleurs qu'elle déposa sur la tombe de sa fille avant d'être arrêtée. Des Jacinthes, une fleur qui dure dans le temps, une forme de consolation avant d'entendre la voix d'Eva Monet qui lui ordonnait de parler. Elle commença par le début et personne ne fut surpris.

Monsieur Marouel était à cette époque le conseiller du Ministre de l'environnement. Il avait besoin d'un éclairage, d'un coup de projecteur favorable pour attirer le regard du Président plongé dans la tourmente du changement ministériel. Son bilan était une catastrophe, il fallait faire le bon choix. À cette époque Marouel travaillait pour le Grenelle de l'environnement et souhaitait gravir les échelons : il rêvait des hauteurs. La politique ne fonctionnait que par ascension et par compromis, c'était bien connu. Pour cela, il accepta un deal qui lui avait été proposé par sa maîtresse journaliste. Madame Frontilly ne se souvenait plus de son nom, nous n'étions pas étonnés. Cette journaliste d'investigation était en contact avec le dirigeant du groupe écologique guerrier, EcoWar. Un jeune groupe de militants qui avaient besoin de financements pour mener leurs combats aussi bien sur terre que sur mer. Interpol avait émis de nombreuses notices rouges à leur égard pour avoir séquestré un chef d'entreprise. Considérés comme des écologistes radicaux, ils devenaient la seconde menace terroriste. Et cela prenait de l'ampleur. Mais en attendant, moyennant de l'argent, le groupe menait des actions pour aider les futurs Ministres à se faire élire. Cela consistait à dénoncer les Entreprises en les mettant dans une situation d'accident à la pollution, et cela, avec la presse et les citoyens pour relayer l'information. Ecowar gagnait sur les deux tableaux, de l'argent et la fermeture d'une entreprise pollueuse. De l'autre côté, les hommes politiques pouvaient surfer sur cette « vague verte » pour faire passer une loi et attirer les électeurs à la cause écologique. Ce fut le cas avec FluoXorm, une entreprise de tubes fluorescents et dernièrement d'Ilao Cosmétique qui pratiquaient des tests sur les animaux pour fabriquer leur rouge à lèvre, du far à joue, et du rimmel. Tout avait fonctionné comme prévu. Ecowar était professionnel, ils polluèrent avec du plomb et laissèrent la machine politique se mettre en marche. Une fois Marouel, nouveau Ministre de l'écologie en place, ils n'avaient plus qu'à attendre que ce dernier honore son engagement. Or, n'ayant pas de liquidité, Marouel avait détourné de l'argent des caisses du Port Autonome et des VNF de Paris. Prétextant des projets de réaménagements des berges. Jusque-là tout allait bien, lui expliqua Frontilly qui était devenue entre-temps la déléguée du Ministre. Personne ne se serait méfié d'une handicapée dans son fauteuil, c'était donc elle l'intermédiaire qui devait remettre l'argent à un membre d'EcoWar. Le rendez-vous avait été fixé à 21 heures sous le pont à proximité du siège de TF1 à Boulogne Billancourt. La nuit était tombée et une fine pluie faisait briller le quai, habité par des sans-abris. Frontilly avait décidé d'attendre derrière un arbre avant de rencontrer les militants. Elle se tenait sur ses béquilles, la tension de la situation lui faisant oublier la douleur. Protégée sous sa cagoule, elle observait dans la pénombre, attendant l'arrivée de son rendez-vous. Elle s'était imaginée qu'en venant plus tôt et en observatrice silencieuse, elle aurait pu recueillir quelques informations sur cet organisme qu'elle n'aimait pas. Elle avait entendu un petit déclic et s'était arrêtée de respirer sous sa capuche. Une petite embarcation venait de s'amarrer au quai. Deux silhouettes s'en détachèrent. L'une féminine et l'autre masculine. C'étaient les militants. Frontilly avait patienté ainsi quelques minutes. Eux aussi. Elle avait cherché à voir les visages, mais l'obscurité de la nuit était plus forte. Lorsque la silhouette féminine s'était mise à parler, Frontilly avait tressailli. Elle avait reconnu Maëva, sa fille. En état de choc, Frontilly s'était effondrée dans l'ombre de l'arbre et avait attendu de longues minutes. De sa cachette, elle avait pu surprendre leur conversation sur un trafic via des péniches en provenance d'un réseau Belge et Allemand. Elle avait remarqué un homme d'un certain âge en uniforme passer à leur hauteur, s'arrêter sur un bollard avant de disparaitre juste après que le jeune couple reparte en barque. À la lueur d'un phare de voiture qui avait balayé la surface de la Seine, Frontilly avait pu voir clairement le visage de sa fille sous un bonnet en compagnie d'un jeune Magrébin.

Sans doute, le fameux Mohamed Saidi, se dit Eva Monnet. Moi, j'en concluais que l'homme en uniforme était Bourdieu et qu'il venait de surprendre la conversation. Ce qui expliquait qu'il pistait ce trafic tous les soirs avant la tragédie. Frontilly poursuivit.

Elle était repartie chez elle avec le sac à dos, qu'elle avait caché devant la porte de son grenier. Dans la malle à jouets ? Se souvenait Eva Monet qui avait vu une trainée de poussières. Frontilly acquiesça. Le lendemain matin, ce fut la sanction immédiate. Marouel et Frontilly avaient retrouvé sur le bureau du Ministre de l'écologie un rat mort. Le rongeur avait la gueule ouverte avec un pic à glace, figé dans une horrible grimace. Et le pire c'était qu'il avait été déposé par Maëva. Madame Frontilly s'en était rendu compte par le relevé de son badge, réalisant que c'était facile pour sa gamine d'utiliser son passe pour entrer et sortir des bureaux ministériels. Marouel en état de choc lui demanda aussitôt des comptes : qu'avait-elle fait de l'argent ? Frontilly lui avait avoué s'être dégonflée. Furieux, le Ministre l'avait sommée de donner l'argent au plus vite, mais avait été interrompu par l'appel de la Directrice du port autonome, Madame Tokbac. Sur un ton glacial, elle avait trouvé scandaleux ce détournement d'argent alors qu'elle en avait besoin pour la création d'une passe à poisson. Frontilly se souvint encore de la réponse de Marouel, le tout avec une pointe d'ironie.

— Vous êtes bien placée pour balancer ce genre de chose alors que la Cour des comptes vient de vous épingler sur votre mauvaise gestion du parc navigable de France. Rappelez-moi ! Abus sur les dépenses personnelles ! Mauvaise gestion des 20 millions d'euros de budget provenant des contribuables et autres disfonctionnements ! C'est accablant ! Je comprends que vous ayez besoin de redorer votre image avec une « passe à poisson », c'est très tendance et éco citoyen.

Frontilly nous précisa que la Directrice du Port Autonome lui avait raccroché au nez. Marouel avait levé les yeux au ciel. Dans la minute qui suivit, le téléphone sonna. À l'autre bout du fil, Breteuil, le Ministre de l'Intérieur. À l'évidence ce dernier était l'ami de la Directrice du Port Autonome.

— Ah ces francs-maçons ! se dit Marouel.

Breteuil était fou de rage et lui tomba dessus en l'ordonnant de régler au plus vite ce problème, il était impensable qu'il baigne dans des histoires de détournement de fonds et de corruption.

— Trop tard ! lui répondit Marouel. J'ai même entre les mains le rapport confidentiel. Pas celui sur lequel vous avez communiqué et qui est favorable à l'Opérateur VNF et Port Autonome. Non, l'autre, celui qui dénonce les errements d'une gestion victime d'une série de disfonctionnements. Et si l'on démontre que vous avez menti, vous risquez la poursuite pénale.

— Marouel, vous êtes sans concession !

— J'attire aussi votre attention sur les erreurs de management.

Silence à l'autre bout du fil. Marouel reprit calmement.

— Un conseil, votre petite protégée, inutile de la couvrir d'avantage, mutez-là à la SNCF, elle ne fera plus de vagues.

— Vous me faites du chantage ?

— Breteuil, vous êtes un homme mort, menaça Marouel.

— Si vous le dites ! termina Breteuil qui raccrocha d'un geste sec. Avant de se dire à lui-même : « sauf si tu meurs avant moi. »

C'était sans aucun doute la fin de cet échange que Sacha Boyer entendit en rejoignant le Ministre de l'Intérieur dans son bureau. De son côté, au ministère de l'écologie, Marouel sortit tout de même de cette entrevue, énervé. Il fallait au plus vite régler cette histoire d'argent. Il eut soudain l'idée de diviser le paquet en deux, l'un réinjecté au Port Autonome pour calmer le jeu et l'autre partie aux activistes d'EcoWar en leur demandant d'être patients pour le reste. Il allait organiser tout cela. En attendant, Madame Frontilly ce soir- là, suivit sa fille jusqu'à la fameuse l'île. Là où se retrouvaient les autres activistes. Madame Frontilly se crispa devant nous. Ses souvenirs étaient éprouvants. Elle tordait le mouchoir qu'elle avait entre les mains. Une fois là-bas, elle tenta de convaincre sa fille de revenir avec elle et de cesser toutes ces activités terroristes. En vain. Sa fille l'éjecta. En rentrant de sa virée, le cœur brisé, Madame Frontilly croisa Marouel qui l'informa d'un autre rendez-vous qu'il fallait honorer. Pas question de plaisanter, il venait de recevoir une autre menace par mail : « ECO WAR sera votre peste rédemptrice » avec une tête-de-mort qui clignotait. En cette fin de journée, sa main hésitait entre la roue de son fauteuil roulant ou ses cannes. Sa crise spondylarthrite ankylosante lui offrant un peu de répit, elle se rendit au rendez-vous, avec ses béquilles. Cela s'était révélé être un véritable parcours du combattant. Une descente aux enfers qui avait durée plus de 45 minutes : entre l'échelle verticale, les parois glissantes et le manque de lumière, pour atteindre les égouts de la Bastille. Tout juste incroyable lorsqu'on réalisait que c'était une femme handicapée. C'était bien pour cela que le Ministre de Intérieur l'avait choisie comme intermédiaire. Comment imaginer une femme, qui plus est handicapée, pouvait-elle faire tout cela ? Elle était au-dessus de tous soupçons. Madame Frontilly le savait ce qui la rendait pratiquement invincible. Dans les égouts, les muscles de son dos et de ses bras se tendirent une dernière fois, elle avait franchi le dernier barreau de l'échelle. Elle pouvait avancer avec ses cannes sur le sol à la rencontre du militant.

Nous la regardions tous à la fois avec admiration et dégout, car nous savions qu'elle allait tuer de sang-froid. Lorsque soudain, incapable de nous dire le pourquoi du comment, dans son esprit, tout s'était mis en vrille : pourquoi ne pas garder la totalité de l'argent pour fuir la France avec sa fille ? C'était ce qu'elle avait décidé de faire. Pour cela, elle avait mis en place un nouveau plan.

1- Éliminer les témoins et faire en sorte que l'on croit à une piste de terroristes avec l' arme chimique et/ou d'extrémistes islamistes.

2- Tuer l'intermédiaire d'Ecowar, Mohamed Saidi le petit ami de sa fille et Marouel le Ministre.

3- Brouiller les pistes si la menace se rapprochait, et axer à nouveau sur la menace terroriste-chimique.

4- Convaincre sa fille de la suivre et pour cela la menacer de dénoncer la planque d'Ecowar sous l'Opéra.

Mais les choses se passèrent autrement. Ce ne fut pas Mohamed Saidi au rendez-vous, mais un autre jeune homme.

— Il avait un visage d'ange sous sa capuche, se souvint-elle avant de poursuivre sans l'ombre d'un remord, mais je n'avais pas le choix.

— Et votre mise en scène ? demanda Eva Monet.

— J'ai été très méticuleuse et particulièrement pour celui du Ministre.

Elle poursuivit. Ces doubles meurtres furent plus faciles qu'elle ne l'avait imaginé et son doctorat en biologie avait été clairement son atout. Le plus difficile avait été de transporter le corps découpé dans les cuisines de l'Elysée, avait-elle avoué.

— Dois-je éluder le passage sur la découpe du corps, le transport et la mise en scène ? demanda-t-elle d'un air décontracté.

Nous la regardions les yeux écarquillés, comment pouvait-elle réagir de la sorte ? Eva Monet lui fit signe de poursuivre.

— Nous reviendrons sur ce détail plus tard, dit-elle.

Nous respirâmes.

— Oui plus tard...

Frontilly poursuivit sur le déroulement des faits. Jusque-là, elle était pleine d'espoir, elle n'avait qu'à déjouer quelques questions de la police, cacher les indices et lancer quelques fausses pistes. Eva Monet hochait de la tête, elle s'en rappelait. Tout se compliqua lorsqu'elle pista sa fille jusqu'à son QG pour la convaincre de la suivre. Ce fut l'explosion et la mort de Maëva. La suite, ils la connaissaient... Elle tentât de brouiller les pistes, en relançant la menace terroriste, mais sa motivation avait disparu. Et puis tous ces cauchemars qui venaient la hanter toutes les nuits avec son lot de fantômes et de morts. Elle entendait encore le souffle agonisant du jeune militant. Le foulard qu'elle dut enfoncer dans la bouche du Ministre pour le faire taire. Ses soubresauts lorsqu'il se réveilla quelques secondes avant l'arrêt cardiaque. Ses yeux rougis par l'asphyxie, ou encore ses ongles qui s'étaient enfoncés dans sa chair.

On échangea quelques regards, inquiets. C'était bien ce que l'on craignait. A l'évidence, elle prenait du plaisir à nous raconter ces détails. Elle poursuivit de plus belle.

— Je me souviens des dents de la scie glisser sur le cou de Marouel. Au départ, j'ai dérapé sur sa chaire grasse. J'enfonçais un peu plus la lame pour voir surgir une goutte de sang ; une trainée dégoulina aussitôt par terre. C'était incroyable, c'était comme si j'avais ouvert un robinet. Il y en avait partout. Heureusement que j'avais protégé le sol d'un plastique de chantier. Je me souviens aussi des bruits, de tous les bruits. De mes pieds froisser le plastic posé au sol pour protéger des écoulements et des morceaux qui tombaient. Le bruit de la chair, puis de l'os que j'avais atteint.

Le seul bruit qui semblait manquer était celui de son souffle. De notre côté, notre respiration était suspendue. Entendre ces confessions nous plongeait un instant dans l'horreur. Trop d'informations morbides d'un seul coup. J'avais envie de vomir ou de dormir, ou les deux à la fois. Non, en fait, il me fallait respirer, mais mon diaphragme était bloqué. Ce fut elle qui respira d'une large inspiration, comme si elle avait besoin de reprendre son souffle après un marathon. Dans un lourd silence, Madame Frontilly nous regardait, elle semblait soulagée. Mais au fond d'elle, rien n'avait atténué la peine d'avoir perdu sa fille. Mais il nous fallait poursuivre. Ce n'était pas tout. Nous tournions en rond. Eva Monet commençait à montrer des signes de fatigue, et Blanchard d'exaspération. J'en profitai pour les laisser tous les deux trouver un autre angle d'attaque, et partis me dégourdir les jambes dehors lorsque je vis dans un sac de femme posé sur un banc, un flacon de parfum « Eau d'iris ». Tout se mit à bouillonner dans ma tête. J'avais ma petite idée. Je le subtilisai pendant que la jeune femme écrasait sa cigarette. En longeant le couloir de la PJ, je repensais au témoignage du gardien de l'aquarium du Trocadéro. Tout remontait à la surface de ma mémoire. Bourdieu lui avait fait comprendre qu'il y avait sans doute de nombreux cadavres. Mais son enquête n'avait pas eu le temps d'aboutir. La pensée de Bourdieu et de son assassinat se transformèrent en une boule dure dans mon estomac, c'était de la colère.

Je poussai les portes de la salle d'interrogatoire et décidai d'engager une conversation avec Madame Frontilly. Je commençai par son handicap, cette maladie qui ronge lentement et affaiblit. Je la vis se tendre, comme si elle voulait me prouver le contraire. Eva Monet et son équipe me rejoignirent et me regardèrent bizarrement. Puis j'enchaînai par son poste de délégué, toujours dans l'ombre d'un Ministre. Ses lèvres se pincèrent. « Oups ! » J'avais vu juste. Enfin, la mort de sa fille, dont elle était responsable. Oui, je la torturai psychologiquement ! Elle savait quelque chose d'autre, aussi nauséabond que des cadavres, aussi décomposés que celui de sa fille. Frontilly s'effondra en sanglots. Eva Monet me stoppa d'un geste de la main. Nous laissâmes Frontilly quelques minutes toute seule, pour qu'elle retrouve ses esprits. Blanchard alla même lui offrir un verre d'eau pour la calmer.

La pauvre, elle hoquetait. Ils avaient tous pitié d'elle, sauf moi. Derrière la vitre teintée, une houleuse conversation explosa entre Eva et moi. Quelle cruauté ! Blanchard ne se gêna pas pour critiquer ma méthode. « On est un flic ou on ne l'est pas ! » Eva Monet le remit à sa place, Blanchard attaqua sur le plan sentimental... Un joyeux boxon gonfla dans la pièce lorsque je décidai de retourner voir Madame Frontilly. Elle était calme, moi aussi. Je m'assis en face d'elle et sortis le flacon dont je libérai deux volutes de parfum d'eau d'Iris.

Adolescent, je m'étais passionné par la mémoire olfactive. Sans doute à cause de mon chien qui sentait 35 fois plus que moi. Au cours de mes lectures, je découvris que d'après les scientifiques, les odeurs étaient plus évocatrices de souvenirs que d'autre système sensoriel comme la vue. Je me mis à penser à la madeleine de Proust. Ce parfum à l'Iris allait être la madeleine de Madame Frontilly. Elle reconnut le parfum de sa fille.

— Maëva ! lâcha-t-elle avec tendresse et désarroi. Elle savait qu'elle devait parler.

Devant l'étonnement de tous, elle finit par cracher le morceau. Sa fille avec la complicité des militants avait déjà tué. Mohamed Saidi était aussi impliqué.

— Comment s'en était-elle rendu compte ? demanda Eva Monet.

Frontilly avait appris à espionner ces militants radicaux dont l'idéologie était en puissance. Une véritable peste verte. Sa fille avait récupéré ses cours de biologie et avait mis au point tous ces poisons, des connaissances qu'elle partageait avec les autres militants. Madame Frontilly retrouva quelques essais dans son garde manger. Une partie dissimulée dans des bocaux, l'autre dans une planque. Suite aux descriptions qu'elle donnait, je commençais à imaginer le décor.

— Quelle planque ? insistais-je me doutant de la réponse.

— Là-bas !

— Où ça ? demanda Eva Monet.

Moi je savais.

— Il faut contacter qui déjà ? demanda Blanchard.

— La Direction de l'eau et de l'assainissement du Conseil général de la Seine-Saint-Denis, lui répondis-je.

\*\*\*\*\*\*\*\*\*\*\*

Eva me regardait avec des yeux tout ronds, comment savais-je cela ?

— La passion du Foot, lui répondis-je. Un truc qu'elle ne pouvait pas comprendre. Je m'étais soudain souvenu de la collection des billets de foot de Bourdieu et plus particulièrement ceux qu'il avait entourés d'un cercle rouge. Il avait clairement une piste, et elle était sous notre nez depuis le début...

\*\*\*\*\*\*\*\*\*\*\*

Une fois sur place, nous étions sous le Stade de France, au milieu du bassin de rétention des eaux pluviales. Il pouvait contenir un volume de 1 65 000 m 3, c'était le bassin enterré le plus grand d'Europe. Il avait de nombreuses fonctions : comme de délester les collecteurs saturés d'eau lors d'inondations, ou stocker et réguler le débit. Nous ne vîmes rien de particulier. Est-ce que Madame Frontilly nous avait encore une fois baladé pour gagner du temps.

Ce fut à une des sorties qu'un des hommes et son chien repéra quelque chose. La terre avait été retournée à certains endroits avec des pierres éparses. Eva Monet poussait Mohamed Saidi qu'elle espérait voir parler. Il ricanait. Un des techniciens nous appela.

— Eh ! Commissaire ! Venez par là !

D'un monticule de terre dépassait un orteil de pied à l'ongle noirci par la décomposition. Nous soulevâmes une pierre. Dessous, le visage intacte d'une jeune fille. L'identification allait être plus facile.

— Il va falloir prévenir les parents.

Chose que l'on déteste tous faire. Eva Monet grimaça.

— J'ai bien peur qu'il faille prévenir plusieurs familles, en indiquant de nombreuses pierres posées au sol de façon symétrique.

Malheureusement, elle avait raison, nous avions en face de nous trente pierres, qui nous laissaient penser qu'il y avait trente corps. Le bassin s'était transformé en fosse commune sordide. Eva connaissait la procédure par cœur, elle devait avoir l'identification avant de prévenir les familles. Il nous fallait du renfort. Visiblement, il y avait au fond du bassin, dans un coin sombre, une pierre sacrificielle et une planche en bois pour maintenir leur bras attachés en arrière. Je pouvais remarquer des petits trous sur la planche de bois, cela devait être leurs petites dents ou leurs griffes de rats. Je frissonnais de dégoût. J'imaginais la scène et j'entendais les hurlements. Mordus ou bouffés par des rats, puis empoisonnés. C'était difficile de regarder Mohamed Saidi sans lui régler son compte directement. Ils les faisaient mordre là-bas, puis ils revenaient pour changer les corps de place, dans des cages, en observation jusqu'à leur mort. Sans aucun doute, une hémorragie, une longue agonie sous les fondations du stade et ses murs épais d'où aucun bruit ne pouvaient filtrer. Nous étions tous en état de choc, les nerfs à vif. Mohamed Saidi dût le sentir, car il finit par lâcher.

— C'était elle la pire !

— Qu'est-ce que tu veux dire par là ? demanda Monet.

— Nous étions les chasseurs de viande, choisissant nos proies parmi les sans-abris et les déjantés, puis nous les ramenions ici et les enfermions dans des cages. C'était Maëva qui décidait l'ordre des tests en fonction de leur poids et de leur sexe. Après, elle libérait les rats infectés par les maladies et poisons. Ils mordaient nos cobayes, c'en était fini pour eux.

— Combien de fois avez-vous assisté à ces tests ?

— Sans doute trente de trop.

Il poursuivit et nous comprirent que dans son mode opératoire, Maëva testait de nombreux empoisonnements et effrayait les autres militants par son pouvoir. Tous avaient peur de finir empoisonné. Son surnom, « la môme Poison ». Je pensais à cette gamine, je la détestai jusqu'à mon dernier souffle. Et dans mon esprit, je sus que Bourdieu avait non seulement surpris le trafic d'armes provenant des péniches, mais aussi celui de ces activistes « empoisonneurs ». Il fut battu à mort par les voleurs d'acier puis exécuté par les Ecowar. Mohamed Saidi nous confirma que Bourdieu fut liquidé, car il en savait trop. Ils évitèrent néanmoins l'empoisonnement pour ne pas attirer la piste sur eux.

— C'était la décision de votre chef ?

Il acquiesça en silence.

— C'est qui ?

— Personne ne l'a vu.

— Mais il a bien un petit nom ? Un truc tendance ?

Mohamed Saidi sentait que l'étau se resserrait et qu'il allait prendre pour tout le monde. Il finit par murmurer entre ses dents, résigné :

— Sodoku. La morsure ou la griffure maléfique du rat sauvage. Il est pire que la peste ! Il sera le fléau de tous !

Rien que de faire référence à lui, Mohamed Saidi s'emporta sur un long discours de militant guerrier, un chapelet d'injures à l'encontre de notre société pervertie qui nous firent marrer, pour finir sur l'annonce d'une menace terroriste d'Ecowar.

— Paris devrait s'attendre à une vague mortifère !

Là, nous avons cessé de nous moquer de ce militant, nous regardant un instant en silence, comprenant que cette menace était bien réelle. Ce fut au tour de Mohamed Saidi de pouffer de rire.

— Ce n'est que le début. Tic tac ! Tic Tac ! dit-il.

— Clic-clac ! répondit du tac au tac Eva Monet qui l'envoya en cellule.

La nuit allait être longue pour tout le monde. De mon côté, je rentrai chez moi pour changer mon pansement de toute urgence. Du pus tachait ma chaussette.

Ce soir-là, en rentrant, j'en oubliais la pluie torrentielle de cet été caniculaire. Je pensais à toutes ces menaces. Mais soudain, je n'arrivais plus à avancer. La première chose, je sentis mon cou se tendre, la seconde ma tête exploser, puis mon corps, si lourd, s'effondrer. La tête sur le trottoir, je pouvais voir la rigole de l'égout se gonfler d'eau. Avant qu'elle m'arrive en pleine figure, je composai le numéro du SAMU. Est-ce que j'avais à mon tour été empoisonné ? Paralysé, il m'était impossible de tourner la tête lorsque l'eau s'engouffra par les narines et ma bouche... Je me tétanisais de partout, sentant ma poitrine se gonfler comme si elle allait exploser. Allais-je mourir ? Je fus parcouru par un courant électrique... Puis plus rien.

**********

J'ouvris les yeux. J'étais allongé dans un lit en métal, avec une perfusion dans le bras gauche. Je n'avais pas mal, mais j'avais l'impression d'avoir 70 ans. Je n'avais plus de force, comme vidé de toute énergie. Sur des chaises, il y avait Éva Monet et mon frère Adrien. Tous deux me souriaient. Le médecin entra à ce moment-là. Il me fit un discours sur la situation. Il m'affirma que la prochaine fois, ce serait l'hydrocution. Ma maladie allait me tuer ! Peut-être, mais pas aujourd'hui et ce n'était en aucun cas du poison. Dans l'urgence, nous avions une mission à terminer, et je lui promis d'aller au Val de Grâce dès la fin de cette affaire. Je quittai ma chambre et les chaussons en papier vert avec un petit mot : merci pour tout et mon numéro de sécu pour le règlement des frais hospitaliers.

**********

Il fallait reprendre cette enquête au plus vite. Une bonne partie de l'équipe m'attendait à la sortie de l'hôpital. Nous avions décidé avec Monet de ne rien dire sur ma maladie. Nous étions à peine dans la voiture que mon frère reçut un appel du « Placard ». Nous devions nous y rendre au plus vite.

L'ordinateur de Maëva moulinait tout en affichant des algorithmes étranges. Pierre Joffrin observait tout cela d'un œil inquiet. Lorsqu'il bondit. Blanchard nous rejoignit avec un sac de kebabs pour le dîner de tous. Nous avions sur l'écran de l'ordinateur, les images provenant de caméras de surveillance ainsi qu'un compte à rebours qui défilaient. Le film enregistré était sombre, mais nous avions l'habitude les uns comme les autres.

L'endroit ressemblait à une énorme cathédrale avec ses piliers et ses voûtes. Dans la pseudo « nef », il y avait un lac. L'image était incroyable, digne des grands films catastrophes et apocalyptiques. Sur un des murs, bien en évidence, il y avait une marque. Joffrin fit un gel de l'image et un zoom afin de distinguer le dessin sur le mur de briques. À la peinture verte, les terroristes avaient dessiné un énorme rat. Ses yeux étaient jaunes !

— C'est le réservoir de Montsouris, s'écria Lavialle.

L'ordinateur fit plusieurs bips et laissa apparaître en grosses lettres :

« ECO WAR sera votre peste rédemptrice ».

Le réservoir d'eau était l'un des cinq principaux de Paris. Il était situé près du parc de Montsouris dans le 14e arrondissement. Le message était clair. Les voitures démarrèrent en trombe avec les sirènes hurlantes pour se faufiler dans la circulation parisienne. L'équipe d'intervention policière arriva en même temps que nous. Nos voix paniquées se chevauchaient amplifiées par l'écho des galeries souterraines du réservoir. Nous découvrîmes posées un peu partout, des cages remplies de rats. Il ne fallait surtout pas les toucher. On pouvait le sentir, elles étaient toutes contaminées par l'urine des rongeurs. Une odeur âcre et saisissante. Les portes des cages étaient encore fermées, mais des horloges électroniques indiquaient que bientôt le système allait se débloquer. Eva Monet reconnut le travail ingénieux de Mohamed Saidi.

Je décidai de prendre les devants concernant la Fluve. Il fallait déployer un dispositif dans les galeries ainsi que dans l'eau pour intercepter les terroristes qui répartissaient les cages sur les passerelles. Le réservoir de Montsouris était immense : il s'agissait des deux réserves d'eau superposées. Cela représentait plus de 200 000 m3 d'eau, de quoi approvisionner 20% des habitants de la capitale. Chaque réservoir faisait 250 mètres de long et 130 mètres de large. C'était plus grand qu'un terrain de football ! Notre but final était d'éviter que les rats ne soient libérés des cages et qu'ils contaminent l'eau potable. Par chance, il y avait deux petites barques amarrées sur un des bords qui servaient à l'entretien des bassins. Elles furent réquisitionnées et ajoutées à notre équipement. Je fis équipe avec Monet et Lavialle. Dans l'autre bateau se trouvait Menna et Monroe. Ce réservoir était magnifique. On était tel Harrison Ford dans les Aventuriers de l'Arche Perdue. Comme lui, on était sur la bonne piste, mais nous ne savions pas exactement qui nous cherchions. Une lumière clignotait au bout d'une des galeries. Un groupe était sur un canot gonflable. Ils plaçaient des cages sur une passerelle avec des horloges pour libérer les rats. Je redoublai d'efforts pour aller plus vite ; Éva Monet avait déjà sorti son arme. Nous étions encore à plus de 30 mètres des Ecowarriors. De leur côté aussi, ils se dépêchaient afin de terminer de placer les cages et de s'échapper. L'un d'eux nous fixait du regard au dessus de son foulard. Dans sa dégaine, il avait à peine vingt ans. Le jeune homme portait une veste de treillis et une large casquette noire de baseball et un foulard qui cachait son visage. Il donnait des ordres secs et précis aux deux autres qui étaient sur la passerelle. Nous approchions vite et tout semblait soudain s'accélérer. Monet cria les sommations d'usage afin de les arrêter. Ils lâchèrent les cages et l'un d'eux sauta dans le bateau. Ils ramaient vite et on les perdit de vue derrière un pilier. Une course-poursuite commença. Je n'avais qu'une rame, ce qui ne me permettait pas d'aller très vite. Eux semblaient plus efficaces avec les deux pagaies. On regagnait du terrain sur eux, car leur bateau arrivait au bout du bassin. Monet tira un coup en l'air. Les trois garçons s'immobilisèrent pendant deux secondes. Le bruit de la déflagration résonnait sous les arches du réservoir. Arrivé à quelques mètres d'eux, un des jeunes nous jeta violemment une cage avec des rats. Celle-ci s'ouvrit en atterrissant dans notre bateau, un rat allait s'en échapper Lavialle et Monet se précipitèrent pour éviter le drame. Profitant de cette diversion, l'homme à la casquette plongeât et se mit à nager vers une issue de secours. Il fallait le stopper à tout prix. Il ne devait pas nous échapper à nouveau. On ne se refait pas après des années de Fluve... C'était comme une deuxième nature chez nous. Je retirai ma veste et plongeai dans l'eau. L'eau était moins froide que dans la Seine. Elle était claire et propre. Nous n'avions plus l'habitude de nager et de voir devant nous. Le réservoir était profond : de trois mètres à cinq mètres à certains endroits. Après quelques brasses, il y eut un grand flash puis ce fut le trou noir et le silence absolu. J'entendis le médecin me répéter qu'à la prochaine immersion dans l'eau, cela me serait fatal. Je n'avais pas commencé mon traitement... J'étais victime d'une hydrocution. Mon corps était raide. Eva Monet avait aussi entendu les docteurs m'avertir du danger. Puis ce fut des informations de toutes sortes, en vrac, décousues, violentes, agressives qui m'assaillirent sous forme de flashs éprouvants et extrêmes. Ce choc était tellement insupportable que j'en perdis connaissance. D'où j'étais, je pouvais tout voir. Eva Monet vit que je flottais à la surface comme un morceau de bois. Elle cria à l'autre équipe de poursuivre les trois terroristes. Lavialle et Menna étaient déjà sur les passerelles.

Monet sauta dans l'eau et m'attrapa derrière le cou. Elle me tira vers la sortie. Les renforts de police arrivaient de tous les côtés. Lavialle et Menna donnaient des ordres pour bloquer les issues du réservoir. J'étais comme dans un rêve : je ne pouvais pas bouger, mais j'entendais tout ce qui se passait autour de moi. J'avais l'impression d'assister en spectateur à toute l'action. Comme si mon esprit était au-dessus de mon corps. Eva Monet me sortit de l'eau. Adrien mon frère arriva à ce moment-là. Il contrôla mon pouls et ma respiration. Négatif pour les deux. Monet arracha le col de ma chemise et commença à me faire un massage cardiaque et du bouche-à-bouche, effrayée à l'idée de me perdre. C'est à cet instant, que Blanchard réalisa qu'elle était amoureuse de moi. Lavialle arriva à son tour. J'entendais sa voix. Il cria fort vers des collègues pour qu'ils aillent chercher un défibrillateur. Les ordres des uns et des autres résonnaient et s'amplifiaient sur la surface de l'eau. Lavialle ordonna de façon ferme à Monet de se pousser. Il se mit à me faire un massage cardiaque musclé. Mon corps ne réagissait pas. Il attaqua une autre série de dix pressions sur la cage thoracique et cinq insufflations en bouche-à-bouche. Un des policiers courait sur la passerelle avec une petite valise. Il arriva à la hauteur de Joffrin et d'Adrien. Joffrin ouvrit vite la mallette. Il ne fallut que quelques secondes pour que le voyant passe au rouge. Il fit signe à tous de reculer et plaça les deux poignées sur ma poitrine. Le choc électrique provoqua une convulsion. Puis rien. Adrien continuait à me faire du bouche-à-bouche le temps que le défibrillateur se recharge. Le voyant passa au rouge. Joffrin me refit une décharge. Rien n'y fit. Je m'enfonçais encore plus. Ce fut le noir complet puis l'éblouissement, aveuglant. Je ne sais pas comment, je me retrouvai dans une pièce blanche. Autour de moi, le silence. Et soudain, des couleurs, des formes et des sons. Dans cette pièce immaculée de blanc, j'étais comme dans une dimension parallèle. Lorsqu'un rideau d'eau se dressa devant moi, comme un écran translucide. Ma main se posa naturellement dessus. Je sentis au départ sa force puis autre chose. Défilaient devant mes yeux, en filigrane des images en transparence et des sons. C'étaient des séquences courtes et sonores de paysages, de décors, d'ondes, d'objets... puis pratiquement des séquences. Je reconnus des lieux, des objets, autant d'indices qui auraient pu nous servir pour l'enquête. Mais trop tard, je reconnus « Sodoku », le rat noir, s'enfuir par une trappe, malgré sa casquette vintage. La même qu'avait portée Bourdieu lors de nos réunions sportives et collectives. Comment étais-je passé à côté car il s'agissait de notre jeune tagueur. Celui qui était dans les égouts et que nous avions interrogé sans se douter un seul instant de son rôle central. Je compris tout. Il était le cerveau d'Ecowar, et comme il connaissait le meurtrier des doubles meurtres, il nous mit sur sa piste, tout en poursuivant son funèbre plan. Empoisonner Paris. Bourdieu avait croisé sa route. « Soduku » avait perdu, mais pour un temps. Car sur le terrain, il leur échappait ... Soudain une étincelle explosa. J'avais repris connaissance et j'entendis à nouveau la voix de Lavialle et celle d'Adrien. Je vis leurs visages au-dessus de moi. Je crachai de l'eau et ma respiration repartit à nouveau avec des soubresauts nerveux. Mary-Ann me fit une injection de vitamines. Avec trois médecins sur place, j'avais eu de la chance. Encore une fois. Je vis Éva Monet à mes côtés. Son regard était à la fois apeuré et heureux.

# 13

Soutenu par une canne pour contrecarrer ma faiblesse, je passai à la Fluve récupérer quelques affaires et saluer mes collègues sous le regard accusateur de la Commandante. Derrière son bureau, à travers la vitre, elle fulminait. Je lui avais piqué sa première mission à la Fluve. Aujourd'hui, le dossier et l'attaque terroriste étaient clos. En fermant le dernier carton, je savais qu'il allait me falloir trouver des forces nouvelles pour avancer. Je passai devant le « Placard » et surpris mon frère pensif. Les papiers du divorce avec Sacha Boyer étaient là, posés sur la table. Elle avait signé. Adrien prit le stylo, hésita puis le reposa. Je me demandais en le regardant qui était le plus coupable de leur échec conjugal, Sacha ou lui ? Et par effet miroir, je me posai une seconde question sur ce que nous avions vécu : Qui était le plus dangereux, un gouvernement corrompu ou des combattants écologiques ? J'étais tiraillé par la situation, et pensais à ce jeune écologiste qui nous faisait comprendre qu'il y avait une nécessité à protéger toute chose dans la nature que nous prenions souvent pour acquis. Comment en étions-nous arrivés là ? La faute à qui ? Le doute était permis et je réalisai que je ne pourrais probablement jamais répondre à cette question. Encore une fois, ce n'était qu'une question d'information. J'appris par Eva Monet qui m'appela sur mon portable que la contamination avait été évitée grâce à notre action, le groupe d'Ecowar était démantelé en partie et pour un temps. Cependant, Sodoku leur avait échappé. J'avais de mon côté, pratiquement vécu le retour d'une mort imminente. Nous raccrochâmes en même temps.

Une page allait se tourner. En franchissant le ponton de la Fluve, je compris que j'allais devoir sonder profondément en moi et trouver l'idée ultime qui pouvait me sauver. Derrière moi j'entendais la Commandante crier sur Télézio. Sans doute fallait-il accepter d'être vaincu et en avoir conscience pour trouver la solution parfaite. Bourdieu n'était plus là, Némo non plus, j'avais le sentiment d'avoir tout perdu, d'être un enfant abandonné, lorsque j'eus une lueur d'espoir. Mon téléphone sonna à nouveau.

— Du poisson, ça vous dit ? me demanda Eva Monet. Louis, vous ne pouvez pas refuser.

J'avais une dette envers elle. Elle m'avait sauvé la vie. Je ne rêvais pas, Eva Monet insistait pour passer chez moi demain soir avec le dîner, après la journée de folie qui nous attendait. Mais qu'est-ce qui nous attendait d'ailleurs ? Elle m'annonça l'impensable. Je n'en dormis pas de toute la nuit ...

**********

Le lendemain, aux aurores, nous fûmes reçus en grande pompe par le Ministre de l'Intérieur venu féliciter le travail et la collaboration des trois équipes. La PJ, « le Placard » et la Fluve. Contre toute attente et la surprise de tous, je devenais, officiellement, le Commandant de la Brigade Fluviale. La Commandante Monroe avait été débarquée et mutée sur un autre poste. Le Ministre de l'Intérieur émit cependant, mais discrètement un doute sur l'équipe de mon frère. Pourtant, l'issue de cette enquête restait une double réussite : la coupable des deux meurtres avait été arrêtée et le groupe Ecowar était en passe d'être démantelé. Ce n'était qu'une question de temps. Le ministère de l'Intérieur confirma dès lors la création d'une cellule indépendante regroupant mon frère et son équipe de scientifiques avec la Fluve et la PJ. Cette cellule portera le nom de code : ICEBERG et aurait la spécificité de travailler sur les enquêtes autour de l'eau. Eva Monet râlait à l'idée de devoir coopérer et partager les informations avec Adrien Laurens. Elle ne supportait pas ses grands airs ! Je m'engageai à le tenir à distance d'elle... En attendant, je repartais en mission avec mon équipe.

Aujourd'hui, nous devions escorter une personnalité, nous prîmes Le Bourgogne : vedette de 11 mètres, 2 X 275 chevaux, extrêmement puissante. J'accélérai avant de remarquer le propriétaire d'une maison flottante me faire des signes pour que je ralentisse. Bien sûr que j'allais le faire. Il était loin de comprendre que ce bateau était conçu pour naviguer en mer, soulevant d'énormes vagues. Sa boite de conserve tanga. Je lui adressai un petit signe amical, il me tourna le dos. Tant pis !

**********

Le soir tant attendu arriva. Tout était bien organisé. Je pris ma douche à la Fluve pour gagner du temps, avec cette fois-ci de l'eau en bouteille, totalement neutre. Ma plaie avait cicatrisé en une tache brune. Avec une lumière tamisée, elle ne verrait rien. Je sortis de mon bureau, parfumé, les cheveux coiffés, lorsque mon frère arriva avec une bouteille à la main. Il avait une petite mine. Je regardai ma montre. J'avais de la marge. J'ouvris mon bureau de Commandant et posai deux verres.

Ce que j'appris enfin. Mes parents se sentant menacés avaient prévu de disparaître pour un temps, en hibernant. Ils avaient mis au point une eau le Polywater substance, une nouvelle forme d'eau, dont le poids moléculaire n'était pas de 18, mais de 72 permettant la congélation du corps formé de 70% d'eau. Est-ce cette eau qui était responsable de ce que mon frère appelait chez moi un don ? Adrien me parla d'un Américain qui l'avait contacté quelques années plus tôt. L'homme avait travaillé en étroite collaboration avec nos parents. Il fut retrouvé mort, « suicidé » au volant de sa voiture. Sa spécialité était de rendre les sous-marins invisibles. Il travaillait sur une mission « le Philadelphia experiment ». Ce fut lui qui évoqua des travaux d'Albert Einstein sur la théorie du champ unifié. Ouvrant alors les mondes de la physique quantique. Il entra dans des explications un peu compliquées pour moi...

Les chiffres m'évoquèrent l'heure qui passait. Eva Monet allait m'attendre. Il me fallait partir...

**********

Au milieu de la nuit, Laurens pour se détendre prit une douche mais lorsqu'il en sortit, Eva l'attendait, assise sur son vieux canapé en cuir. Laurens décela dans son regard qu'elle n'était plus vraiment très sûre d'elle et le fait d'avoir proposé la vieille un dîner. Elle fut encore plus troublée lorsqu'elle le vit s'approcher à moitié nu. Provocateur, il fit tomber sa serviette à terre. Eva ne put résister. Laurens la dévora de baisers brûlants, chacun baissant sa garde. Ils firent l'amour.

**********

Je me réveillai avec une gueule de bois dans un des Zodiac, rasant les murs devant le bureau de la Commandante, ... pour réaliser tardivement que c'était maintenant moi le Commandant. Inutile de me cacher, mais je ne fanfaronnais tout de même pas.

— Commandant, un appel pour vous ! me dit Lavialle en me tendant le combiné.

Il me souriait, il avait bien prononcé « Commandant ». Il était fier pour moi, cela confirma qu'il était toujours mon ami. Eva Monet m'attendait sur une scène de crime, ils avaient retrouvé un corps, quai des Tuileries. La vie continuait. Je sautai dans Le Bourgogne. Un peu d'air frais sur le visage ne pouvait que me réveiller, cela tombait bien, ce hors-bord pouvait atteindre la vitesse de 90 km/h. Je repensais à la discussion avec mon frère qui en avait conclu que ma maladie n'en n'était pas vraiment une. Selon lui, ce n'était que l'héritage des expériences de nos parents. Le produit que ma mère s'était inoculé avait sans doute traversé le placenta, celui qui était en contact avec moi et non mon frère. Quelle ironie ! Moi le flic et lui le scientifique. J'étais devenu hyper sensible à l'eau. Une connexion transcendante comme un sixième sens qui pouvait permettre à mon esprit d'échanger avec les molécules d'eau. Délirait-il dans ses explications ? Il voulait que je devienne son cobaye : ensemble pour révolutionner le monde.

La fraîcheur de ce petit matin ouvrit mes yeux. Sur le quai, je vis la silhouette d'Eva Monet se faufiler sur la scène de crime. Elle chevaucha un rouleau de tissu et je compris qu'il s'agissait de l'éternel cadavre enroulé dans un tapis. Une fois à ses côtés, je ne savais pas pour quelle raison, elle me jetait des coups d'œil alambiqués. Ok, j'avais déconné en lui posant un lapin hier soir et en m'endormant dans un Zodiac à la Fluve. J'avais un de ces mal de tête d'ailleurs ! Au moment où les pompiers partirent, Eva Monet me tira à l'écart des autres et se mit à me dire dans une tirade qu'elle regrettait cette passade. Qu'il était préférable que leur dérapage reste secret. Qu'elle allait garder ses distances. Ça valait mieux comme ça : j'étais l'eau et elle le feu. Un long baratin qui commençait sérieusement à renforcer mon mal de crâne. Mes cheveux tiraient, je ne comprenais rien à ce qu'elle me disait, lorsque soudain, je réalisai.

— Putain, mais quel salaud !

Devais-je l'avouer à Eva ? Car je compris qu'elle n'avait pas eu toutes les bonnes informations et que mon salopard de frère m'avait bien eu sur ce coup-là ! C'était avec lui qu'elle avait passé la nuit que j'imaginais en grinçant des dents, ... Torride ! Il m'avait fait boire jusqu'à ce que je m'écroule et partit rejoindre Eva en se faisant passer pour moi. La ressemblance entre deux monozygotes n'était pas un mythe. Mon frère me regarda tout sourire à l'autre bout de la scène de crime. Au milieu de nous le cadavre et le tapis tâché de sang. Je réalisai à ce moment-là, qu'entre nous, il y aurait toujours ce lien du sang, mais aussi le goût amer que l'on a au fond de la gorge lorsque l'on est sur une « scène de crime ». Je n'évoquais pas là ce corps inanimé, mais plutôt notre relation difficile et nos trahisons.

# EPILOGUE

Nous étions dans un monde d'informations et cela depuis l'origine de la vie. Tout était lié par cette mémoire ancestrale, cette soupe cosmique d'où était né le Big Bang jusqu'à notre humanité. Je pensai à nos molécules, messagères et réceptrices à la fois. Comme cette eau née en même temps que l'explosion de la création, et qui dès lors demeurait éternellement recyclable. Elle était polymorphe : tantôt liquide, solide ou gazeuse et elle était en moi à plus de 70 %, amie bienfaitrice ou bourreau. C'était à moi d'aller trouver la réponse. Allais-je me noyer dans un océan d'information ? Il était temps d'ouvrir cette fenêtre sur l'univers et les connaissances.

Mes mains s'accrochaient à de la vieille pierre tandis que la lune fut obscurcie un instant par un nuage. Je gravis doucement en escalade solo la Basilique du Sacré cœur de Montmartre. Arrivé au sommet, je pouvais contempler Paris d'en haut cette fois. Soudain, il se mit à pleuvoir, comme la météo l'avait prédit. Il était temps. Je retirai ma chemise. Debout, perché si proche du ciel et de sa tourmente, j'écartai les bras comme en signe de résignation et laissai l'eau ruisseler sur mon visage, mon corps. Elle allait pénétrer, je le savais. C'était à cet instant que je pouvais sentir en moi, dans des vibrations profondes, toute la tristesse et la joie mélangées de l'humanité, et cela depuis sa création. Quelle sensation ! Et quel pouvoir...

C'était le petit matin, lorsqu'une phrase clignotait sur les écrans de nos Smartphone : « *Tremblez, la partie ne fait que commencer !* »

**A suivre :**

- **Eau Royale**
- **Un couronnement d'épine**
- **L'an zéro**
- **Toxique 10 ug/l**
- **Hors bocal**
- **In vitro**
- **Une nuit donnée**

Edition : BoD - Books on Demand
12/14 rond-point des Champs Elysées, 75008 Paris
Imprimé par Books on Demand GmbH, Norderstedt, Allemagne
ISBN : 9782322096237
Dépôt légal : juillet  2016